綠白山莊——風起雲湧

【卷一】

作者--狗血

目錄

一女子揹著熟睡中的小孩，藉著閃現的月影領路，穿越雲雨快馬彎過山徑，直接落腳在那綠頂白牆的宅院前。正時，一婦人提著油燈主動開門，且面帶著笑容說：「真是二小姐！」。

並沒多加理會，亦為千頭萬緒。如同這寂靜的夜，或非等待著黎明。

跨過門檻，入了側廳，正面即為她父親花四喜的牌位。中年婦人知其所以，亦未多言，只是如昔的點上兩旁的香燭。即以蠋火點燃，二小姐自已給他父親燒根清香，再次回身站前，並喃喃的唸著…，說：「爹，女兒與孫歸真回來看您。」。並先未解下那身後的小孩。

卻又像是黃昏與黎明直接交替，漫長的暗夜在旁冷笑。

耶律圭峰落馬走前，領著參隨一干人等入內。家屬已先被支遣，暫時離開，僅留下死者結拜兄長杜之弼。戲鴻堂的門板已經拆下，横躺在上的即為大漠三堂之一的王鶴。杜之弼躬身作揖的同時，耶律圭峰即說：「免了。」人亦已站著王鶴的前頭。

為查案，追兇，王鶴的屍體只已白絹包著下擺，明顯的胸前有一只掌印。杜之弼開口先說：「整個漠北，大遼能入侵戲鴻堂，一掌取我四弟性命的只有不空和尚。」

「外面傳言種種……。」

同樣肩上扎繫著一條白布王行天在此時入內，臉上仍堆著那詭譎而另人不解的笑意。耶律圭峰才又轉而說：「別太看的起自己！」目光轉落在掌印外已暈化的魚尾，原為兩點深淺不一的紅點，仍就是王鶴的胸膛之上。這句話似有幾分在自言，並若有所思著。

第一章　綠白山莊

以雙掌推開廂房的兩扇門，並非如此刻意，花見羞揹著兒子歸真輕緩的步入。後頭的光影似轉而走先在前，灑落滿地⋯⋯。

入了廳內只見到葉霜飛抱著歸真，先問著：「張媽呢？」
「準備褲頭幫歸真換上。」
歸真見到娘，撒嬌的要給娘抱，咿咿呀呀著。葉霜飛又問說：「早上回來的？」
「昨夜。」
「妳不在，山莊冷清不少。」
她沒回應，只先上前接下歸真。也不想在此刻說上什麼，或不妥適的話，葉霜飛又說：「大哥的書信並不多，應還在高粱河，花燦倒偶有回來。」
「綠白。」只回應這兩字。
「老爺子向來最疼妳……。」原想提及花戒大姐，但葉霜飛只轉落坐在旁。
「十七歲……。」她的話亦沒說完，邊拍拍抱著的歸真。
「山莊還是與你出嫁前相同。」
「你說對了一半！」回應的同時並沒與葉霜飛交換目光。
「厲家會不會讓人過來？」
張媽同時拿了一套小孩的褲頭進來。她只轉先與張媽說：「似乎愛睏……。」指的當是兒子歸真。
張媽說：「我來。」在先放下手邊的褲頭後，轉而接下歸真。
目光才轉向葉霜飛的她，說：「最近一直想起一些人與事。…齊王封鎖法門寺？。」

葉霜飛說：「你怎麼知道？二姐。」

「不。我只是猜想。」她自行斟著茶几少的茶水，同時說：「別再說什麼，難得有情郎！」並淺嘗即止。

「王鶴再三交待夥計，要東塘銀錢準備足了再到戲鴻堂，但信中並未言明是什麼物件。」

劉從恩目光仍在那已被劈成一塊塊安祿山的棺槨上，且錯落成堆。朱子羽又說：「這世道早人鬼不分。」

「苗村？」劉從恩說。

一處山崖後的農舍，黃沙蕩蕩、室九空，不見任何人影，除兩方各帶著的人馬。朱子羽回說：「漁陽東的苗村。東塘一向對唐初四家有興趣。」

「我就是從漁陽過來。」

「看到好材，紅檜非撿拾不可，用牛車拉回來。這戶一天之內死了四個小孩，消息馬上傳開……。」

劉從恩沒將話聽下去，走上兩步，說：「安祿山入了長安城，做了兩件事，其一就是取走了褚遂良的枯樹賦。但安祿山還沒能弄懂枯樹賦之前已雙眼俱盲，後被自己的兒子，安慶緒所殺。」並揮手讓侍從牽馬過來。

「王鶴因此而死？」

「唯利視圖。東塘的人物過於複雜⋯⋯。」

朱子羽再問說：「枯樹賦記載的是什麼？」

「無足輕重的傢伙。」劉從恩答非所問。

「兇手又是如何得知？」

炙熱的太陽讓人無從躲起，天無半點雲。劉從恩接下坐騎，回說：「大燕皇帝安祿山。⋯同時注意那虎北口童少保的動向，他們當然不坐以待斃，雖說這人些人敗事有餘⋯，或壞就壞在這。」

「那第二件事？」朱子羽還是問著。

上馬前，劉從恩說：「抓了楊貴妃的奶子！」後頭的隨侍早跟上在旁，全夥這才一起離開。

到訪的斐開成目光才又落向王行天說：「⋯兇手是哪個門派？」

「耶律圭峰意在言外說，『別太看的起自己！』。」

「這麼說不乏其中的道理。跟契丹西樓城走的太近，當然要付出代價，遲或早之別。」

「你怪罪我起來。」

「跟你很難說話。」

戲鴻堂內還有幾名要角，同時早秀堂這亦非單槍匹馬，斐開成並非獨自一人。

王行天話鋒再轉回王鶴之死，說：「那說說你的看法？」

「整個大漠，最後一個光明磊落，古道熱腸的俠客已經死了兩年。是有人要上門討債。」

「你一直在等這天？」

斐開成說：「我們坐享其成，得理不饒人。」

先示意戲鴻堂的的弟兄別開口，王行天亦針鋒相對的回說：「別忘了你的身份！」

「齊王早看出了其中一些端倪，而你們戲鴻堂卻完全蒙在鼓裏。清晨獨自闖入戲鴻堂，王鶴幾乎與他交手的機會都沒有，我坦白說，近日來都徹夜難眠。」

「先不談這些。」王行天話鋒再轉回去說：「既然來了，想知道你對戲鴻堂堂主人選的看法？」

「尋求三夫人的支持。」斐開成只樣說。

「同樣也包括你們早秀堂的認同，而齊王不會插手這事，瑣碎事，還那杜之弼也已經來上兩回。」

「四弟王鶴死的離奇，在未落葬，屍骨未寒之前，不宜決定人選。」

王行天先揮手示意自己的兄弟離開，後斐開成目光才轉向早秀堂的其餘人，私下仍有些話要講。在整個大廳只剩倆人後，王行天說：「花見羞回來了！」

「何時？」

王行天先這樣回應，說：「身揹個小孩。」

五國城找早不見兵戎災禍、鋒火四起，只有低頭忙碌，自顧營生的百姓。陶明師與三十三浪人同都轉而落馬，改牽著坐騎步行於市街之上。一名弟兄不禁問說：「為何不直抵松風閣？」

「不急。」旁邊的一名弟兄回應。

走馬看花的陶明師見城牆上的告示，轉問：「契丹文？有這種東西。」

另一兄弟自顧說：「不知這次齊王召見又所謂何事？」

陶明師只說：「不空和尚在這。」

「古陽洞在西邊，而徒弟三白、四白尊奴在人稱北壁的地方。」

「此為女真，並非契丹、大遼。」

「找個地方歇腳，這幾天餐風宿露。」

「是該來這瞧瞧或就像走法門寺，見殷觀路一般。」

「為殷觀路而來。」

「我是。」一名弟兄坦白說。

跟著走馬看花的而另位弟兄說：「二選一，我願見花見羞。」

「為枯樹賦而來。」鍾流大聲、粗野的說。

「出關前並不知枯樹賦之事。鐘流，你酒喝的腦袋都燒壞了！」一兄弟不客氣的回應。

還與麋鹿族，麋鹿群穿插交織而過。

「耶律隆緒年事已高，現大遼第一把交椅就是齊王耶律圭峰，大概只有汴京弄不清處。哈！哈！哈！」

「西樓城蕭氏。」

「那是皇后那幫子。；戲鴻堂之事與我們無關，就只是著安排覲見齊王，大夥安份些。」

「太過醒目。」陶明師似在自言著。

「就在這待上一晚。應該不錯。」

「又不是來遊山玩水，另有要務在身。過居庸關就沒好好睡上一覺，洗澡。」

「坐騎都累了，跑不動。我是沒差異。」

「黃州三十三浪人在這，是足以驚天地，泣鬼神！」又一名弟兄說。

在陶明師身旁的趙若新並沒接話，是有些遲疑，不祥的預感。

侍女聽從止示轉身走出。她剛隨即轉入屏風之後，剛聽到外頭的不同風響，亦知道來何人？蒙面人輕身落定廳外，還沒上前站定，她便先開口說：「我知道的就別說了！」

蒙面人愣上一會，才回說：「死於一種稱為玉匣的內功，王鶴。說起來另人難以置信，玉匣都失傳百年以上，知道的人不多，見過的人更少！要探其源頭，需走往法門寺。」

「那你說呢？」

「除非殷觀路離開法門寺。而另種說法為，戲鴻堂與綠白山莊只隔上兩個大小山頭，再來是整遍的銀杏林……。」

「兇手是如何知道王鶴取得了枯樹賦？之前東塘並不知道為枯樹賦。」

「由王行天那，且東塘多為契丹、女真、還少數漢人。盜墓的那幫人只走，找到的引路石。後在打發他們離開，再由王鶴與王行天倆兄弟親身進入。或是王行天並非不想要，到手的肥羊，但知道王鶴利令智昏，心生暗計。與王行天間……。桑椹夫人。」

「這不用你提醒。」

「王行天不知是無意，還是有心，之前是曾走往法門寺。」

桑椹夫人說：「嫁禍！」

「知道沒敢入內……。還那花見羞剛回到綠白山莊，厲家沒任何的動作或書信往來，而嶗山掌門董美人無庸諱言，處心積慮就是為取得枯樹賦。」

「何時走往十王宅？」

「明日起程。」

「不是只有女人想要。」

倆人隔著屏風一裏一外，相互交談。

「那少爺已經離開十三翼轉往燕山走，仍就是獨來獨往。」蒙面人又說：「陶明師還另帶了汴京司徒林靈素的手書一封。」

桑椹夫人同時說：「林靈素也稱我為桑椹娘。」

「大契丹與汴京仍是同以高粱河為界。而王行天一向都與朱子羽、嶗山文平交好，那些傢伙龍蛇混雜，像一堆爛泥、糞土，我並不建議夫人進入松風閣。」

「松風閣的事無需你多心！」

「那小的先行告退。」隨即蒙面人迅捷的走人。

桑椹夫人跟著走出屏風，目光直透那廳外的烏雲旁的月影，心思在法門寺的殷觀路。

「戲鴻堂已確定由王行天接任掌門。黃州三人十三浪人已奉耶律圭峰之命，今天已抵達了松風閣，是已不自覺踏入、參與了這燕山的生與死。三堂、繁露廳、古陽洞、盧龍節府，還當是嶗山劍派，整個大漠的勢力版塊儼然已經形成。」

十王宅外的風涼亭還有范同柏、田黃石等人。主人李錦繡起身離席，又說：「原還有個花四喜前輩可以穿梭來往，溝通協調。其餘的門派都蠢蠢欲動，大漠山雨欲來！刺殺王鶴的兇手背景不單純。」

「此人的內家功夫與不空和尚不相上下。」

「大漠還有這等高手？」

「或在關內。」有人這麼回應。

范同柏說：「即是在關內也不多見。傳言為不空和尚的泰至神掌，但沒人是真的認為，而嶗山派也混跡其中。」

「董美人，董真卿。」

李錦繡說：「千萬別引郎入室！」

「說的是玉煙堂。」范同柏又說：「是會連想到花逢春。花逢春也有這等功夫、實力，但人並沒離開高粱河。或可等著戲鴻堂的動向，只是要問的是，我們對枯樹賦的立場？」

「耶律圭峰同在等著各方的立場。」

范同柏說：「而事實上並沒那麼簡單，江湖本來就應該一方強而有力的友人支持，另一種說法，必須要犧牲一些自我的利益。若戲鴻堂確定由王行天接任掌門，那三堂仍就是走耶律圭峰的路，以耶律圭峰馬首是瞻，再加上嶗山派的在暗處力挺，繁露廳在大漠依舊是一支獨秀，影響力無所不在。」

「外傳耶律圭峰並不願參與枯樹賦之事。」

「劉從恩。一個盧龍節度使，富可敵國，兵多將廣，且有桑椹夫人在運籌帷幄，實力不容小覷。王行天能接戲鴻堂掌門，也是背後有桑椹夫人撐腰；東塘，契丹、女真、連漢人都有。」

「東塘是黑龍門的一支。」

「聽說花見羞之事嗎？一聽不吭的揹著小孩上馬就直接離開幽州厲府，橫豎就是要走。」

風華不再十王宅面對這燕山群山，或連閭鄉村野店都談不上。又已坐回原位的李錦繡手握著茶碗，心思盤算著重整外圍的事勢力，並沒注意聽著他們在說些什麼？除眼前的桂蘭碼碼頭、鳳陽井等⋯⋯。

同時一僕人入內，站前回稟說：「童鐵耕，童少保到。」

女道士獨自被引入廳外，僕人至門檻前便自行退下。黃昏之際，桌旁的油燈照著是一個身著赤紅沙袍，男人壯健的身影，知道是耶律圭峰，她站前先說：「安祿山的陵寢已被王鶴讓人給刨開！」

「走過來些。」

女道是上前兩步。雖為未施胭脂，粗布道袍，也掩那風華絕代，如秋水芙蓉的身影。耶律圭峰才又說：「會委屈嗎？」

「褚遂良反對高宗立門戶低的武則天為后，再至唐明皇、楊貴妃、安祿山……。」

「是在回應妳的要求。」

「知道繁露廳並不想捲入此事。」

耶律圭峰沒回應。女道士又說：「不是走了趟戲鴻堂……。」

「王鶴讓枯樹賦出土，見光，前後不足一個月；為一己之私，恐怕會賠上整個嶗山派。」

女道士說：「是女人就想要。」

「花見羞回到了綠白山莊。」耶律圭峰。

倆人各取所需，對應處處見機鋒。

「沒人相信殷觀路會或能待在法門寺，連她自己都不相信。」

女人的善妒？耶律圭峰直接說：「法門寺是塊淨土，白話說：不能動！盧龍府劉從恩老奸巨滑，私下動作頻頻。」

「被人截足先登。」

「失之毫釐。而妳盡乎花了一輩子。」耶律圭峰話鋒一轉的，又說「是想將兩川送去綠白山莊。」或想親身走上一趟。

女道士自顧又說：「王鶴並非死於泰至神掌？」

耶律圭峰輕柔的以金鋼指化為掌法，直接烙痕在茶几上。

「指實掌虛！」遮掩套路、來歷？當是看的懂，女道士努力掩飾著自己的忐忑不安，轉又回說：「花見羞回來的同一天王鶴橫死，枯樹賦失竊。」

「大爺。請這坐。」

夥計繼續在前引路。他則頭看著那松風閣的橫匾，為遼帝耶律德光生前所御賜的橫匾。始終是高朋滿座，應接不暇。在走訪繁露廳，拜訪耶律圭峰前，先帶著幾名戲鴻堂與賭坊的弟兄來這。戲台前最角落的圓桌，總是喜歡選坐在這，他自認為可縱觀全局，上下不同的人物。各自趨前就坐後，一名弟兄主動說：「我們是戲鴻堂，堂主王行天。」或想告訴所有人，打響名號。

「有。朱掌櫃的有另外交待，請稍後。」夥計連忙應聲後，轉身離開。

「陶明師昨已經走人。」

王行天接下兄弟倒上的清茶，並沒回應。那名兄弟又說：「說是為齊王所應邀。」

王行天說：「話別亂說！」

「剛見到殷浩，該不會杜之弼堂主也在這。」

「是嗎？」王行天是沒瞧見。

「杜之弼是他的姐夫。」

「回頭在走訪玉煙堂與早秀堂。外傳虎北口與十王宅等已經結盟，大漠第四股勢力。……都如此的不堪寂寞。」

王行天只說：「轉眼也許久沒來這。」目光又再那匾額上，位於二樓與一樓間。一兄弟目光同落定在那松風閣上說：「後晉石敬塘割燕雲十六州給耶律德光，還稱耶律德光為爹爹。」

「兒皇帝。」王行天喝下一口茶說。

「四哥王鶴之死仍就眾說紛云。背景並不單純。」

「相信你們也知道。在王鶴接任掌門之後，我就甚少插手戲鴻堂的事務，有就是聽命行事。才離開三、二日，便接獲王掌門不幸的消息，原走往璜水，還沒上飛霞道便直接調馬回頭。」王行天亦見三名皮膚特別白晰的少年離開，同行之下顯的非常醒目。

「當日王鶴掌門剛回到戲鴻堂，還在堂內談了點事，我們前腳走。兇手埋伏等待。」

王行天說：「還好。」

「還好什麼？」一兄弟問。

王行天只說：「杜之弼手上握有什麼？我們並不知道。王鶴前堂主對外少了份提防之心！……發現他的是那洗衣的大嬸，走入東廂房，人已是冰冷的遺體，直挺挺的在地上。物件齊全就位，沒被翻抄過，且順手關上房門。王鶴說出了枯樹賦的下落？」

「外面都在揣測…。」

在上兩道菜的同時朱子羽到位，尚未開口招呼。

「他們怎麼在這。？」王行天目光落在那三名皮膚特別白晰的少年，腰繫紫腰帶的背影，像是經年都在陰暗的山洞內，似全不見日光。

以雙掌推開廂房的兩扇門，並非如此刻意，花見羞揹著兒子歸真輕緩的步入。後頭的光影似轉而走先在前，灑落滿地…。較像是敞開自己的心胸，坦然為之，而歸真烏黑流轉的雙眼或在訴說，想快步跟上。

一塵不染，與最初相同，但卻空空蕩蕩，閒置已久。

她與兒子說：「這是你大阿姨，娘的姐姐住的。」

而她的心思如同那之內的雲霧，時而輕盈灑脫，剎時有又凝聚成形，飄散空白。青紅書案上擺設依舊相同，邊以手撫著黃梨花木的椅背。她繼續漫步其中…。

『妳說對一半。』『那另外的是？』『與出嫁前已完全不同。』『那大阿姨呢？』假設的是花見羞的姐姐。

再打開東邊的一扇窗。

是那整片的剛染紅黃色銀杏林，一路而去，遙遠的不見盡頭。先是那山幺處，之中有一條雪融小溪，終年不斷，潺潺而過。十七歲與銀杏林，『‥天若有情！』。歸真以手指比著那頭，咿咿呀呀著，似在說要去那玩。

母子一起探索著倆人的未知，亦開啟那不為人知的塵封往事。同也不知天邊那是月圓將落，還是初升的太陽？

第二章　角頭崢嶸

「師叔伯都在前廳等著。」

原欲先一步離開禪房，轉身的同時。道士這才直接，又說：「為何帶劍？韜情劍從不離開嶗山。」

「你們想阻攔？」董卿真橫眼說。

「掌門。」

正面為黑布所包裹的一把劍，靜靜的橫置在香爐之後。禪房內並無餘人，等著原盤膝而坐的董卿真起身離開蒲團。該名入內的道士，才又說：「馬已備好！」

自行取下石架上的鐵劍後，董卿真說：「兩川開始習劍了嗎？」

「哥哥自顧著玩，總是全身髒兮兮。」

「就是個小孩，別太嚴苛。」

「知道掌門的意思。掌門又要走？不是才回山上。」

董卿真目光轉而在外，雲霧盤繞，古樹參天的嶗山，說：「你們總是有很多話要說，我怎麼會不知道？」將鐵劍交換給右手，又說：「江山代有才人出，有天也會換由你們，其中之一接下掌門。祖師爺蕭羌生前總是說：嶗山派需要的是血輪！也破例收我這麼一個女徒，事後想想，反對聲浪是排山倒海而來。」

「師叔伯都在前廳等著。」

原欲先一步離開禪房，轉身的同時。道士這才直接，又說：「為何帶劍？韜情劍從不離開嶗山。」

「你們想阻攔？」董卿真橫眼說。

「二姐。」

是弟弟花燦。正在炤下煮粥的花見羞，回頭說：「回來了。」並低身注著爐火。

「煮什麼？」

米香熟熱味道撲鼻而至。

「小米粥。歸真吃的，歸真在睡覺。」

「山莊空蕩蕩。連我都不想回來。」

「有見到逢春嗎？」，另準備著羊肉丸子，花見羞繼續砧板上的動作。

「有收到他的信，但沒回；要走趟汴京，帶幾個木匠過去。」

「就是那些豬朋狗友。」

「為何不讓張媽弄？這雜事要親身動手。」

花見羞還沒回應的同時葉霜飛入內。花燦見人便轉向那，又說：「霜飛。」

「還在北馬南賣？」葉霜飛與他說。

花燦回說：「在給人蓋屋。」

「那不是上趟回來，這次又不同。」葉霜飛說。

花見羞接下與花燦說：「給爹上香了沒？」見花燦那未置可否的樣子，又說：「去給爹上香！等會可以吃飯。」

「就是住兩晚，跟工匠已經約好。」花燦轉身離開前說。

見離去的那人影。葉霜飛與花見羞說：「要不要叫醒歸真？」並幫忙拿著鍋子，準備乘著煮好的小米粥。

「有聞到焦味嗎？燒過頭了。」花見羞轉問。

「剛耶律圭峰讓人送封書信過來，我放在老爺的書房，並還說要親身到訪山莊。」

「沒印象了。爹生前也不讓江湖事與我們說。」

葉霜飛喃喃的說：「霜飛。」指的是花燦的說法。

「他當妳是小女人。離開山莊二年，是已不同。」

「…知道二姐妳回來山莊的人應該不少。」葉霜飛說。

「妳已經是個小女人……有個小孩是比較熱鬧，…或生動。」並以勺乘粥。花見羞心思並不在外頭的風浪江湖、明爭暗鬥，且暫時放下那與夫家厲府的關係往來，現只是一個為人母的心情，忐忑、圓滿、…與期待。

剛先轉與陶明師等說：「用茶。」。耶律圭峰再將目光順著林靈素的手書，文章大意後，繼續才說：「契丹與宋仍就還會以高粱河為界，長治久安、和平繁榮百年。真的有三十三個人嗎？」目光轉在大廳的所有人。

「四個留在黃州，這為二十九。」陶明師這才又說：「桑椹娘那透過松風閣傳話，說要讓我們過去盧龍走上一遭。過來時順道走了虎北口，見過童少保。」

「河北三鎮，盧龍、成德。魏博。劉總盧龍節度使是唐朝最後的節度使，劉從恩自稱之後。桑椹娘現是大權一把抓，劉從恩已老而無用，斷事不明。朋友各交各的。」耶律圭峰說。

「皇爺深明大義！」入府的鐘流卻小心異異，檢點許多。

「每人路不同。」耶律圭峰說。

陶明師與耶律圭峰說：「童少保跟我等提過王鶴之死。若走往盧龍，相信桑椹娘也是因為此事。」

「識字不多桑椹娘。童鐵耕怎麼說？」端坐的耶律圭峰同時起身步下兩短階。

「童少保仍是視汴京為大統，著墨甚多。與安祿山的墓穴有關？」

耶律圭峰仍點到為止，說：「相信也是。」人站定之中。

一名兄弟接下說：「積時帖，虞世南。」

指的是側邊牆上懸掛的一幅字貼。

「你懂？是見你注意很久。」耶律圭峰問他。

陶明師接下與耶律圭峰介紹說：「趙若新。」

趙新若自行說：「排行十一。」

「就是這林靈素所贈，當時還剛位及司空。唐初四大家之一，褚遂良、歐陽詢、薛稷，還有就是這虞世南。」耶律圭峰原指著桌上的書信，又說：「多待在燕山幾天，遠從黃州而至。還有些事想請你們弟兄幫忙。」

陶明師回起身拱手說：「齊王吩咐就是。」

「坐。自己人和何需多禮。」耶律圭峰說。

陶明師坐下後，又介紹一兄弟說：「鐘流，金重鍾，流遠的流。」

鍾流說：「齊王知道童少保與十王宅李錦繡，參鐵手胡工連夜密會之事？」

耶律圭峰喃喃：說：「西冷八家！」

趙若新話鋒在轉前頭說：「真有祿山之爪？」

耶律圭峰笑著說：「我入長安，也會這麼幹！抓楊貴妃的奶子。哈！哈！哈！哈！哈！哈！哈！若大的繁露廳，全是男人的笑著…。

「王行天否認這種說法，未參與盜墓之事。」

「當然撇清。」

杜之弼與李錦繡等在燕山狩獵。倆人騎馬緩行，走在最後，前頭還有數十條興奮的獵犬，同時狂吠不己。李錦繡又說：「三堂以你杜之弼的玉煙堂成為首。」

「別太看的起自己。」

「齊王的意思為何？」

「何妨你們十王宅自己去問？」

李錦繡只轉而說：「汴京林靈素之前密會過劉從恩，而劉從恩只帶桑椹夫人，林靈肅單槍匹馬，地點由同童少保安排。現大漠仍屬嶗山劍派實力最為強勁，擁有百年基業，何飛騎為後起之秀。」

「非同小可。」

「你的意思是黃州浪人並沒離開燕山？」

杜之弼說：「十王宅怕了？」

「別用激將法！十王宅沒在怕的。」

「誰玩的過你們宦官？上無天地父母，下無兄弟子女。坦白說……。」

同時獵犬群集直衝而去。無垠的草原上，見一隻奔命的野兔，杜之弼又說：「稍縱即逝。」

「我賭兔子會贏。」李錦繡說。

「賭什麼？」

「跨下坐騎。你我之一有人要走路離開；王鶴的爹是出身十王宅。」

最後兔子脫逃，竄入石洞之內，獵犬群無計可施。李錦繡冷笑，又說：「下燕山之前，你仍擁有跨下的坐騎。」

「而童少保所依恃的是汴京林靈素。」

「對外不談個自的立場。」

「關起門來說。」杜之弼將目光轉向那山頭，又說：「過那山頭便是綠白山莊。」

「與幽州厲家翻臉？」李錦繡說。

黑衣蒙面人前後走屋簷而過，趁著月色掩護，兩人輕聲落下，依計堆窗而入，獨留一人在上。廬龍府內如昔的靜寂深幽，昂首矗立在昏月之下。並未經驚擾巡夜人員，領路的油燈轉書樓而過，說時遲，遊廊下已有數個黑影快步而直來。屋簷上那黑衣人以執石做為信號，讓書樓內兩黑衣人先行離開，那時快，一黑影亦已上屋簷，與其交手。為桑椹夫人，她同時說：「為何擅闖廬龍府？」，後頭幾名持劍的侍女亦跟著躍上，黑衣人並未久戰，就只是虛應幾招，即回身離開。幾人再次交手，同時翻躍院內，水塘蓮花池邊，黑衣人驚訝的脫口而出說到：

「勁氣內斂、中和平淡！」

「你種這套路？」

但桑椹夫人始終無法站得上風，又說：「不是猛龍不過江。…別追了！」索性讓黑衣人離開，背影走蓮花瓣迅捷而去。在幾名侍女回身在旁後，繼續說：「不空和尚還是要離開古陽洞不是嗎？」或明白來人為四白尊奴。

「范同柏走法門寺就只是狂言而已，打開大門他都不敢進去。」

在十王宅後三人同行準備走水路，往古陽洞。童鐵耕、胡工、田黃石，各領著自己的幾名親信，人已在驛站外頭候著。同在木桌旁童鐵耕目光落向獨行胡工說：「三鐵手，你會不虛此行！」

「這條璜水就屬范同柏的桂蘭碼頭。」胡工說。

童鐵耕說：「只為一睹廬山真面，也不是為枯樹賦或玉匣。而玉匣這門工夫始終是一種江湖傳說。」

田黃石說：「該不是真死在王行天之手？」

童鐵耕只說：「三堂真會在江湖上消失，……很快。若花落虎北口，虎北口是不會，也不能據為己有。」

「在想的只是繁露廳對我們造訪古陽洞之事。」田黃石說。

童鐵耕自顧的說：「雖然安祿山的枯樹賦早有說法，但應就是由盧龍府而出，與枯樹賦失之交臂為劉總。六軍不發無奈何？宛轉娥眉馬前死。」才轉與田黃石，又說：「或許耶律圭峰說的沒錯！這話又應該如何解讀？人有好惡，有失偏頗並不足為奇。綠白山莊或在花四喜後就僅是曇花一現！”蛇步“花逢春最後決定出走。」

胡工說：「兄妹不合？」

童鐵耕說：「花見羞是有關。山莊內的事，全為流言蜚語，茶餘飯後之談。不過花四喜的立場一向超然堅定，面對各方勢力不卑不亢，汴京司徒林靈素對他生前是敬重有加。」

「”西冷八家“的說法卻不脛而走。」田黃石話說出來有些沾沾自喜。

「不承認這種說法！」童鐵耕說。

田黃石說：「劉總？」

童鐵耕說：「距今已兩百年。盧龍節度使劉總棄官為僧之前的說法。若無意外，即是桑椹娘利用了戲鴻堂去敲開安祿山之墓，憑王鶴一人的當是不得其門而入，而王鶴為自保，暗自拉著王行天商議。」

「前後只死個王鶴，無憑無據。」田黃石說。

「我們現也只是姑妄聽之。」童鐵耕說。

一隨從入了房內與童鐵耕說：「少保大哥，可以起程了！」

胡工卻說：「人鬼殊途！」轉身出走。邊離開的同時，田黃石問著童鐵耕說：「多久沒見道車夫侯溫……？幹這種事我已經嫌老。」

花見羞騎馬揹著厲歸真沿溪水漫步而行，斜陽穿透銀杏林在倆人身上，似一閃一滅，忽明忽暗。她又說：「…娘的姐姐進去後，娘便沒在再見過她。」「為何？幾歲的時候？」「她十七歲，不足。…能告訴你的真的不多，即是在你長大之後。」

伴著那流水與鳥鳴之聲。厲歸真當然不懂，但表情十足生動，花見羞全似在自言自語，或亦並不全然。

「所有事娘都記得非常清處。」「你想知道？」「你該學會細嚼慢嚥，品嚐自己的人生。」那箇中滋味。「若見到她想作什麼？」「牽她的手。」如果可以我願以餘生換取。

仍沒進入銀杏林，橫行跨溪而過。花見羞然後轉說：「帶你去白鹿崖。」即將坐騎拉往另一頭去。「爹呢？」「什麼？你爹。……讓我想想……，不、不、不、娘只是不知該從何說起！」「想見他？」……。

「昨見過齊王？」

黃州浪人等依耶律圭峰之意，送戲鴻堂一程。飛霞道上的茶樓王行天等是準備起程，打道回府。陶明師又說：「是否急促了些？」

「王鶴的喪禮剛落幕，還有些瑣碎事等著發落。」

方桌邊還有趙若新與鐘流。王行天回問：「聽說盧龍府遭人闖入事嗎？」

「如何？」鐘流亦問。

王行天說：「也是聽齊王所言。那間書樓不為外人進入，打掃都是交由四夫人，桑椹娘親身，盧龍府的禁地。」

陶明師說：「王鶴死在盧龍府之手？或有關。」

見王行天並沒接話，趙若新亦與他說：「即是都效力於齊王，那就沒有內外，你我之別。或許找個日期，我們兄弟定會走訪戲鴻堂。」

「歡迎。」王行天回說。

陶明師說：「擺明了就是有人信不過盧龍府，或許連劉從恩都蒙在鼓裏。整個大漠的情形異常詭譎，欲拒還迎…、借刀殺人、偷天換日、強渡關山，還見那汴京的影子。」

鍾流說：「這次不空和尚恐無法置身事外。」

「在松風閣已見過三白尊奴，顯得是如此的格格不入。」王行天話說的同，將目光落掠過陶、趙、鍾三人，又說：「或就是途經…。」但卻輕描淡寫。

趙若新說：「少聽過他們離開五國城。」

陶明師不願在此時接話。鍾流卻說：「王鶴投靠古陽洞的說法相當可靠，當然是帶著枯樹賦前往，只是不知不空和尚原是否打算淌這混水？沒一個好人？全是牛鬼蛇神。」

陶明師轉而提及四白尊奴說：「腰盤紫腰帶的俗家僧，就已衣衫識別，原為紫黃、紫黑、紫藍、紫白，沒俗家姓，也沒法號，西域的神祕支派。」

趙若新亦與王行天說：「是否真為安錄山之墓？現只有你能說明。」

王行天說：「可能是王鶴在故弄玄虛。」

「同樣齊王也會這麼問。」趙若新說。

「時候不早。」始終避重就輕的王行天準備起身。

陶明師說：「再坐一會！」

而王行天心中盤算著，現並非離開的時候，只會會更起門疑竇。趙若新仍與王行天，一針見血的說：「空口無憑，你是拿什麼取信齊王？若王鶴真取走了枯樹賦。」

僕人趨前站定說。「御犬？」劉從恩先看著旁邊的桑椹娘，然後才回應說：「讓他進來。」

「裴開成，早秀堂到。」

「是。」僕人退去。

原倆人在商議著一些事，桑椹娘起身說：「可能嗅出了些什麼？輕鬆以對即是。」即先行離席，轉而側邊而出。

劉從恩再轉回書桌邊。須臾，將人影引入的僕人隨即自行離開，裴開成繼續入內，便先說：「劉大人。」並站定在前。

「獨自前來？」

「是。」

劉從恩目光尚未離開桌上的字帖，說：「同為褚遂良的字。」

「花見羞已捲入這大漠的風暴之中，而盧龍府的書樓不會最後一個遭人入侵。」裴開成說。

「墓穴已是一個深不見底的水坑，所以安祿山官棺槨隨之浮出，這說法倒是言之成理。那為何不是王行天來？還是你們早秀堂知其所以。」

「三堂被王鶴害死！」

「那也不對。」

「不對什麼？」斐開成這才知劉從恩之意，又說：「翠門……。」話還沒說完。劉從恩說：「翠門只是題外話，全席外的一碟小菜。貌似年青卻又年過半百的勝美老妹，我就不信他們可以在大漠興風作浪。再說那是蕭羌與鄭靖等的私人恩怨，他師兄蕭羌之後遠走嶗山另立宗派，還那鳥盡弓藏，回往虎北口的童鐵耕。」

「實力不容小覷。」

「你早秀堂斐開成來不是要說這些。」

斐開成說：「董美人拿著韜情劍下山。」

「或許也是該了斷的時候。」

「那不是開罪嶗山派。」

「一直都是如此不是。」劉從恩目光才移開字帖，落向斐開成，又說：「三堂面對嶗山派也完全使不上力，不過全就是鑽營著一些蠅頭小利、利另智昏之人；你們跟本不認識褚遂良的字，不是嗎？」

花見羞並沒急著救火，星月下，她爹的書房突然竄出火光。縱身往牆外，山嶺沙丘而去，並拉下一名已上馬，準備兔脫的漢子，直接問說：「是誰讓你們來？別走！」

「不好意思，打擾。」朱子羽主動跟在桌上的一隻白雞說話。

入了廳間，並人瞧見人影。引領的勝美大妹說：「你要等一會。」話沒說完人已經離開。

說是”大妹“，其實不過就是一個男人取了較女人的名字，江湖私下所以人稱大妹。左瞧右瞧這的陳設與擺置，朱子羽獨自在說：「住的比廬龍府還好？當然你們這翠門，也不會希罕那什麼嶗山派。什麼？說契丹話，……你是契丹雞。明白，契丹雞可以跟人同在桌上吃飯。」轉而人才坐在桌邊，又說：「知道不能說是要走就走。會、會、會、下次會帶雞糧來，肉乾是不宜吃過多…，或雞肉乾你是不該吃的太多。天呀！」我怎麼在跟雞說話

只見一個黑影在旁，跟著風動的鄭靖就已是坐在旁邊。朱子羽連忙起身，拱手說：「真貢道人。」

「韜情劍下山！」鄭靖並沒讓人坐下。

「嶗山派就是道德勸說，曉以大義。」

「烏合之眾。誰又能阻止董卿真？或不然也該將她逐出嶗山，派人取回寶劍。

白千里、何飛騎等目前仍在閉門思過，紙上談兵。」

「是有人自告奮勇，或應說拋磚引玉。」

拿著桌上的點心餵著白雞的鄭靖，同時說：「畏戰、怯戰、避戰！一路貨色。嶗山派淪落至此⋯，又拿什麼在江湖立足？大漠第一劍派。」

「道人。」朱子羽是有話要說。

鄭靖直接說：「我會支持戲鴻堂王行天。」

「道人。」朱子羽目光先移向白雞，又說：「可否請問白靈鳥，王鶴是死於誰之手？」

「女人。當天王鶴還沒死白靈鳥就已經先知。」

「那又是誰？」

鄭靖沒再回應，自顧餵著雞。朱子羽又說：「可否再提點些？方向為何？」

「燕山南北。」

「哦！？」

鄭靖卻說：「會是誰？」

朱子羽原是不解，後才推測出鄭靖要問的是：嶗山派會派誰出來？奪回那韜情劍，鄭靖話鋒翻來覆去，讓人摸不著頭緒，再談到獅林的白千里與北院的文平，這才說著：「誰足堪擔起大任？撐起嶗山派的一片天。」

第三章　引蛇出洞

葉霜飛前半步領路說：「耶律大哥，你該不是慕名而來的吧！」

「為何這樣說？」

「沒有。」葉霜飛的言盡此。

都離開了正廳。耶律圭峰說：「”花見羞“有閉月羞花之意，花朵見到她都害羞、暈紅了，而殷觀路之名，不同的是多了分男子氣概。是殷觀路帶妳上綠白的。」

「是不是走失了？」

「誰知道？……草長的比人還高。」

三名江湖劍客立馬在這岔路口，為尋找那傳言中的綠白山莊，而迷失在這燕山群山，且渺無人跡。一人又說：「連個人都沒得問。」

「不就是一個孩子的娘。」

「比綠白山莊我們跟本就是無名小輩。花見羞不見任何之人，白鹿崖在哪？南麓，由璜水而上，沒錯呀。」

「應走銀杏林。」

「現在說這些幹嘛？！三天的乾糧都吃完，下山。」

「拜師學藝？不是你們說的。」

「走。」一人調著坐騎說：「就走這。不然就先下山改走木森鎮或支流，可以硬著頭皮來，總不能餓著肚皮幹事。」一先領前，奔馳而去。

後面倆人隨即縱馬跟上，一陣雲霧之間。又有人說：「做什麼春秋大夢？……回去抱自己的女人較實在。」

「引蛇出洞。」

剛才入席的杜之弼說。

王鶴入土後，三堂首次會面，戲鴻堂內還另當有斐開成。當家的王行天起身離席，說：「鄭靖說：是個女人，再問他，他就不說了！」

「劉從恩是完全不買他的帳。」斐開成說。

王行天說：「大漠四雄：左從恩、花四喜、鄭靖與嶗山蕭羌。」

「殷觀路、花見羞、董卿真、桑椹娘。殷觀路離開高麗之後，並沒離開過法門寺。」斐開成說。

「所以火燒綠白山莊。」杜之弼又說：「西泠八家在十王宅會面後，已不可同日而語，勢力範圍已包括整個燕山群之內外。嶗山派現是雞犬不寧，火燒屁股，或應說伸頭一刀，縮頭也一刀。」

王行天與斐開成說：「三堂當然要對王鶴之死有所表態，再說拜會劉從恩也是在即定的行程之內。盧龍府遭黑衣人入侵，火燒綠白山莊，這一連串的事⋯⋯。」

杜之弼接下與倆人說：「別得罪鄭靖。」

「而西泠八家是股暗流。」王行天說。

斐開成說：「應是已起程走往綠白山莊。問題是，齊王拿憑藉的是什麼來說明枯樹賦已經離開漁陽？」問的是王行天。

王行天並沒對此說明。杜之弼說：「劍指花見羞？齊王是不會胡亂瞎猜，甚至落入圈套。」

「殷觀路上了綠白山莊將還小的葉霜飛囑託給花四喜，並告知將遠嫁給高麗王，”五把刀“淵蓋蘇文，離開這的一切。殷觀路與綠白山莊的淵源很深。」王行天說。

杜之弼說：「知其所以。」

「可以這樣說。」斐開成又說：「而傳聞殷觀路練的就是”玉匣“這門功夫！只是不知不空和尚對枯樹賦的態度？還有一事，”拐子“文平，仍透過鄭靖好安排與齊王會面，不過就是要從中謀取在嶗山的利益，同室操戈，先伸出一拐子。目地是對內而非對外。」

「齊王拿什麼來說明枯樹賦在綠白山莊？」接著那斐開成的說法，杜之弼問著那王行天。

葉霜飛入了廳間。見厲歸真抵抗著，不肯吃，張媽正在以碎肉餵著厲歸真，說：「不吃就是不吃。」沒再將木匙往嘴裏送。

「還要適應妳。人呢？」

「剛還在。」

指的當然是花見羞。葉霜飛轉身離開時，問：「有沒提到什麼？」火燒老爺書房之事。

並不在意張媽的說法。心想：那些傢伙就是拿錢辦事，問不出所以然，葉霜飛後轉往老爺的書房。那只是棟山莊最早的老屋，實則作用並不大，先是花四喜，後是花逢春，現少有人會走往那或待上一晚。己瞧見花見羞獨自在那來回走著，像是憑弔，睹物思人，是燒的己經所剩無己。倆人原都沒說上什麼？葉霜飛亦只是站在外頭，後才說：「不會是耶律圭峰。」

「該不是花逢春，或花燦又惹上哪幫子！」

「會自動上門，若是。」

見人再又轉身回去。葉霜飛跟著在旁，再又走回去，聽花見羞繼續說：「只剩一個硯台，哥喜歡這書房。」

「留北莊給他住，四兄弟姐妹各別。」

「大門，四周我己讓人打掃，除草，全都是蚊蟲。」

倆人繼續走著。花見羞說：「娘並不喜歡我，她總是嫌我資質魯鈍，不開竅，爹當然知道，都會偷偷帶我下山遊玩。娘過逝，而我卻一點都不難過。」

「寫封信讓哥回來。是有寫信讓他知道妳己回來山莊。」

「把歸真教養成人；女人的傷痛莫過於此。」花見羞並沒回應她與她哥花逢春的關係，後引喻的是她與幽州厲家的關係。

葉霜飛只重覆說：「寫信讓哥回來！」

「大姐離開的同年妳入了山莊。」花見羞避重就輕。

「過六月就是第十三年，花戒。」

「四各廳間分屬四個姐妹。爹說：不論你們走到何處，回來總會有個棲身之處。爹的思慮是周詳。」西莊的石階前，跨步而上的花見羞，又說：「我也只是想找個地方安頓，撫養歸真成人，至於那耶律圭峰為何上山莊…？」話並沒再往下說。

少人真正知道古陽洞到底在哪？童鐵耕、胡工、田黃石等陸續穿過參天古樹，迷離的山階，就已見到四白尊奴之二，黑與藍兩色的束腰帶，都為少年白頭，且同樣就是身著紫色衣褲，若非如此外人是難以分辯。落馬的同時，其中黑色束腰帶的少年拱手說：「在下紫黑，各位大哥有請。」

「請。」旁邊的藍色束腰帶的少年亦說。

由童鐵耕代表走前。大夥前後轉走石階小徑而上，紫黑邊走說：「家師已經決定擇日出關。」

「那三十年前的事。」童鐵耕說。

「江湖重諾。」紫黑即轉與後頭的田黃石說：「田前輩並非首次來古陽。」但目光卻落在後頭的胡工。

「不過是第二次。」田黃石說。

「家師數次提及。這見過紫黃師兄的大概只有您。」

田黃石說：「天妒英材。這讓我不時想到綠白山莊，花四喜的大女兒，"蛇步"的姐姐花戒，仍是一段江湖過往舊事。」

「蛇步。」胡工邊走，又說：「蛇步瀟洒自若，來去如風，當然是與劍或兵器無緣，而繁露廳的耶律圭峰一路都相當看好他，目前仍為如此，與天隨子譚鍔等量齊觀，不相上下。說是避居高粱河，無私於公，亦不乏其必要之處，或為繁露廳與汴京穿針引線，不願在生靈塗炭，鋒火連天。還是少保大哥有不同的看法。」

童鐵耕並沒回應，而紫藍與胡工並肩而上，說：「想必這位就是參鐵手！」

「浪得虛名。」胡工說。

紫黑目光亦落在胡工那說：「絕非浪得虛名。」

童鐵耕問著紫黑說：「不空大師⋯⋯。」

「稱不空和尚即可。家師不斷的這樣要求，且要弟子幾個對外說明。」紫黑先說。

「尊師知道最近枯樹賦、安錄山墓穴、及火燒綠白山莊之事嗎？」童鐵耕才將話說完。

換由紫藍接下說：「知道各位風塵僕僕，已備有幾桌筵席，水酒⋯⋯，另還望各位前輩且先不談那與齊王生死之約。」

話說的同時。幾棟寬宏雄偉，氣度非凡的宅邸座落在山幺處，群山環抱間，眾人是一覽無疑，且驚訝不己。

「齊王讓人帶了話，要我們趕往法門寺，阻止董卿真。」陶明師見倆人都在，轉與趙若新說：「你先跟我走。鐘流你隨後。」目光又落再鍾流。

「如何拿捏？」趙若新說。

陶明師回說：「到是沒多加說明。」

三人並行離開廂房，趙若新心想並非什麼嶗山董卿真，而為外圍的滋事份子。分道而行的同時，鐘流說：「這就去備馬召集弟兄。」

趙若新說：「齊王恐是騎虎難下！」

「這是什麼說法。」陶明師見解是不同。

「不信師兄你就等著瞧。真正支撐嶗山劍派是西樓城蕭氏。」趙若新又說：「劉從恩私下稱三堂為”御犬“，雖不中，亦不遠己。所以這活就是我們黃州浪人來幹。」

陶明師邊走說：「嶗山卻不說明是否將董卿真逐出師門？」

「董卿真讓嶗山顏面無光！或也不是這女人太過跋扈，而是整個嶗山劍派太過軟弱無力，讓董卿真直接攜出韜情劍就己種下禍根，當是敗筆，且難以收拾。前面一個鄭靖，真貢道人就夠他們焦頭爛額，手抱隻白雞宣稱自己可知天下事，鑑往知來。」

「真頁，還是真貢？」

「蕭羌、鄭靖與童鐵根都出自翠門，帥兄蕭羌自立嶗山派，而童鐵耕最後不得不遠走虎北口，而童鐵耕開嶗翠門轉眼已二十多個年頭。」趙若新邊走，又說：「董卿真或在此時走往綠白山莊，雖一心直闖法門寺。」

「花見羞？當然令男人神往。」不知哪來的這句話。

「或只是其一。綠白山莊在燕山群山中仍據有一定的份量，雖不復以往。」

「齊王並非事事都出於盤算。」陶明師。

「出了關外我們已是身不由己，坦白說，我並不喜歡這種無法脫身的感覺，黃州浪人不應、不能由西樓城取的任何利益。」或還擔心誇張行事的鍾流。

轉出遊廊，直走出大門。

兩坐騎這才牽來。趙若新亦接下韁繩，繼續說：「誰能阻止董卿真？那跟本就是嶗山派之事。」跟著在後，亦快馬離開前。

耶律圭峰獨自在正廳等著，先已讓參隨只留在山莊之外。目光在那橫樑原吊掛綠白山莊的匾額的空白處，舊跡，轉而看著那茶几上幾尊人物泥塑，各色的人物，不同的資態、嘴臉。知道一女子入內，目光轉向那…，不這樣肯定，後才說：「妳是葉小妹？」

「姐在哄她的兒子。」

同時張媽上茶退下。耶律圭峰說：「上次到訪是五年前，斷斷續續……。這燕山真是美不勝收，也足以令人窒息。當時的妳九歲，馬已經騎的很好，到處橫衝直撞。」

「坐。」葉霜飛示意。

「不。一會就走。老爺子過逝後變的比較不方便。」耶律圭峰仍是站著，轉問：「沒去法門寺？」

「殷觀路不見任何人。」

「還是我去跟老爺子上柱香？在想……。」

「另場風暴，才剛由這場風暴中脫身。」葉霜飛意在言外的說。

是不想讓場面冷清，或也該這樣做才是。耶律圭峰跟上說：「有些印象，但都很薄弱。」同行中注意著葉霜飛的個頭。是已經亭亭玉立、青春飛揚的小女人。

葉霜飛前半步領路說：「耶律大哥，你該不是慕名而來的吧！」

「為何這樣說？」

「沒有。」葉霜飛的言盡此。

都離開了正廳。耶律圭峰說：「”花見羞“有閉月羞花之意，花朵見到她都害羞、暈紅了，而殷觀路之名，不同的是多了分男子氣概。是殷觀路帶妳上綠白的。」

「走高麗之前。…她與淵蓋蘇文的關係早在伐楚古之前。」

「多大了？」

「什麼？」葉霜飛原心有旁騖。

「小孩，妳姐。」

「哦，十一個月。還沒能適應張媽。」

跟著走入側廳，後一步跨過門檻。花四喜的牌位就在眼前，葉霜飛直接站定桌前，以蠟炬點剛拿起的清香，轉給已就位在前的耶律圭峰，並說上：「西樓城，齊王耶律圭峰來看您！」

向天、牌位一拜，自行將清香插入香爐內，在退後的同時。

「火燒書房，看看我是否會救出枯樹賦！」花見羞入內直接說著。

耶律圭鋒只先由腰間拿出一個小錦盒，裏面應只可以放上幾個銅錢，並置於桌上後，才與花見羞說：「出土的當天晚上一場大雨，傾瀉而下。」

開門見山，而語意卻又待解。

坐騎已備好在外。剛問著盧龍府的董卿真再問著店家說：「這走可以到法門寺嗎？」或是隨口問著。

「左走，這條石板路不會到。」

回頭即還見到幾名嶗山子弟在外候著，南北兩院都不乏其中。身背著韜情劍的董卿真走出驛站，直直走在幾人面前，卻並不打算真的理會。其中一人拱手說：「掌門，請讓我們跟隨您，此去前途兇險！」

「說些聽的懂的。」

「擔心的是掌門的安危。」

「安危？我若不是對手，你們又有何用？」

「這樣回嶗山，亦無法覆命。」

「你們不就是在保護我身後把劍？又何需如此遮遮掩掩。」董卿真翻身上了坐騎，繼續說：「回嶗山幫我帶句話，就說韜情劍放在嶗山更不安全，憑你們的劍法跟本難登大雅之堂。」即縱馬離開。

徒留下不知所措嶗山派弟子，幾人面面相覷。

「童鐵耕等已離開了古陽洞，是否有見到不空和尚，仍未置可否？黃州浪人轉走法門寺，同也無法得知齊王與花見羞談了什麼？只在山莊待上一會。」

桑椹娘在書樓的轉角停下腳步，剛聽一名探子回報著各派的動向等等。

與一名侍女這才進入。見劉從恩正在找著書畫的捲軸，在侍女放下茶碗後便示意讓人離去，桑椹娘問：「找什麼？」

「日月如馳帖。」

「在褚遂良、歐陽詢的下邊。右邊就是。」知道劉從恩找的是董卿真的字…，桑椹娘故意等上一會，又才問：「怎麼忽然想找？」

同時亦拿出數個卷軸，並沒回應劉從恩只說：「四白尊奴？不只來人不只一個。」。

「只與他對至〝野渡橫州〞，摸不清處來這的套路。」

「妳應該多了解府外之事。」劉從恩真將董卿真的字軸展開，並說：「她的字並非佳作，差強人意，人比字還出名、響亮。」

「不過就是多睡上幾個男人！」

幾乎沒讓他將話說完，劉從恩才知其所謂，但沒作聲，目光亦沒離開。桑椹娘轉而坐在茶几旁，又才說：「藥煎好了！老爺。」

「童少保連繫著女真不空。」

桑椹娘問：「卻拿走了王羲之的月如馳帖？」

「幾幅字畫，我當然是一清二處。猜想來者匆忙或識字無多，入這若大的書樓，又該如何找起？」劉從恩又說：「還會再來嗎？」人才轉身離開書桌前。

「或非同一人。」

「…就是給盧龍府難看。知道黃州浪人走法門寺嗎？」坐下的劉從恩沒碰茶几上的煎藥。

「沒聽說。」桑椹娘否認知情。目光落在那劉從恩那頭上花白，盡乎無色的鬢髮。

「安祿山原只有魏博、成德、盧龍，『河朔三鎮』，幽州厲家也是出身節度使，全為降將，世襲。厲家往綠白山莊提親時，花四喜還是回說：『那要等見羞同意。』。不過多半的人都沒能見到，見過花見羞。」

「寒蟬劍譜呢？」

「被他哥蛇步抵押給厲家，花見羞當是同時知情，但無力阻止；綠白山莊重新該開張！」劉從恩的意指，耶律圭峰己下燕山，花見羞捲入了枯樹賦的是非，江湖恩怨之中。

知道後頭有高人現身，一往一來之間。胡工調馬回頭，一瞧卻是真貢道人，翠門遭人伏擊，另一人手持鐵劍翻身而過。倆人都是未曾謀面，但江湖上都知鄭靖他手總抱著那隻契丹雞，亦稱白靈鳥。分道揚鑣的胡工原正要離開飛霞道，還沒能離開西冷城內，亦不知所謂何事。兩者雖說同都使的似嶗山派武學，但來者當然不會是鄭靖的對手，人已被一掌倒地，還過不上兩招，鐵劍己遭轉手且將直落喉頭，換由胡工身落之中與鄭靖再過幾招。

「參鐵手？」鄭靖先收手。

「在下正是胡工。」胡工再轉與來者說：「前輩先走就是。」

來者或非願意，但亦絕非對手。離開前說：「任何嶗山派的子弟都應除去鄭靖你這欺世盜名之人。」已收起那鄭靖丟回的鐵劍，不甘不願的離開。

鄭靖說：「嶗山派的氣數已盡。」

「晚輩無意參與嶗山恩怨，只不過另位前輩並非什麼江湖角色。」

「我與嶗山並無恩怨！」

這等說法讓胡工無法接受，但沒回話。鄭靖又才說：「原是與李錦鏽相約在此，因故遲延。你最後走的？」

胡工點點頭，後問：「那前輩是誰？」

「嶗山子弟這麼多⋯。」

「道長受傷了嗎？」但沒見那花勝大妹，也不用問。

「全是這等貨色，燒飯洗衣若不苛求。」鄭靖的目光跟著落在契丹雞，轉而說：「牠可是身經百戰！」李錦繡走多久？是沒能瞧見到你那第二把鐵手。」

「二天前的晚上。那道人既已全身而退，晚輩那就此告辭。」沒久留的胡工拱手後，轉身牽回坐騎，翻身上馬，直往城門而出。

領路石前，安錄山的墓穴只剩個深不見底的水坑。先否認有走往法門寺的說法，范同柏領著一群弟兄邊走，邊又與杜之弼說：「王行天隱匿了一些事實，現戲鴻堂已走在前面，取得繁露廳的信任。」

「三堂的事不需外人插手！」

「與耶律圭峰有關。」

「耶律圭峰是你叫的？」杜之弼停下腳步，不客氣的質問著。

阻止的亮出刀劍的弟兄，范同柏這才說：「玉煙堂原就打算各行其事，不是嗎？」一股腦的想把話說完。

「你我早為舊識。」

「上次中秋宴席即為不歡而散。」

杜之弼說：「怎麼還在提這事？宴席結束，所有即隨風而逝。」

「王鶴在我背上留下的這一刀。…吃裏扒外。」

「你們是師兄弟，…怎麼話又繞回來？很顯然你並沒因此得到任何教訓，不是嗎？而你也需要早秀堂的勢立支持。」

范同柏才話歸正題，說：「這要查什麼？繁露廳仍是關健角色，王行天上繁露廳，齊王之後走往綠白莊。」且讓弟兄收刀入鞘。

「勝美大妹？」杜之弼同見那騎馬前來的勝美大妹。

范同柏說：「我約的。齊王為何要上綠白山莊，又跟花見羞說明了什麼？還一方面讓黃州浪人封鎖法門寺，現江湖上全都在揣測。」

「〞玉匣〝這門功夫。」

「與不空和尚無關，應就是。」

「只是這麼說說。董卿真還擔憂她身後的掏情劍並不足以應付大局，而盧龍府桑椹娘的玉蝶雙鉤卻又好整以暇。」

同時勝美大妹落馬在前說：「各位兄弟，久違。」

原是在意的杜之弼卻乾脆轉而直問，說：「朱子羽的說事否屬實？刺客為女人。」

「南院，何飛騎！」

星月快馬趕路，率四人回到嶗山。大門已經緊閉，四周漆黑，此時何飛騎，喃喃說：「燙手山芋。」

開了一扇邊門，後頭兩盞油燈照應，好讓何飛騎等快馬通過。

第四章　抽絲剝繭

一手牽著厲歸真讓他學著步行，張媽跟著慢慢跨出門檻，走出廳外。早晨的燕山，空氣顯的十分清晰。亦跟著而出，就站在階梯前的花見羞喃喃的與葉霜飛說：「落齒復生，青春永駐？雲天內家的功夫，都還不如現在的妳。」

「把帆落下來！」

那邊有人在命令、大聲撕喊著。璜水轉繞西冷舊城，盤踞而過，碼頭前只剩幾名商旅尚未上船，都不約而同回頭瞧著，只見一群人快馬揚長而來，其中一位老者說：「這條水路從沒平靜過。」喃喃著。

這是艄離開燕山的大船，而大船即停下升帆的動作。同時落馬後，還有人大聲宣告說：「早秀堂在這，沒有得到同意，任何人都不準離開。」

走前、大步而來的就是斐開成。一漢子由船上躍下說：「這條為東塘的船⋯。」與早秀堂說。

「讓開。」

話沒說完即被一掌推開，人是險些跌入水裏。

「搜！」斐開成繼續指揮其餘人。

早秀堂的弟兄紛紛上船。而斐開成的目光轉向商旅其中一，揹著簡單包袱年青人，並上前以手搭著他的肩，運用內勁，說：「這位兄弟⋯。」另還想解下那包袱。

原側向的年青人轉身簡單化解，暗藏之內勁游刃有餘。面子掛不住的斐開成同時已換左手，還是被輕輕震開，在定了定神後，仍強勢的問：「這位兄弟想去哪？」目光在他那右手腕處的劍傷，時過境遷的裂痕。

「離開這。」

「走往哪？」

「沒想過。」

旁邊另位早秀堂的弟兄搶一句話說：「東塘。」目光指向那頭。

一馬車快馬奔馳而來，直直穿過舊市街。斐開成即問剛說話的弟兄：「北佬還在黑龍門？」

「黑龍門現較少出門活動。」

「南麋鹿金爺、洪老手。」

「並不清處彼此間的實質往來關係，還那古陽洞的紫黑。」

兩人分別由左右下了馬車，並上前與斐開成先施禮，才說：「斐大哥！」

「正要找你們。」斐開成忽然想到剛那年青人，轉頭說：「…我認識你。」那年青人早已不見蹤影，就是那最後還未上船的其餘人。

未理會傷者的說法，雞毛蒜皮，外圍無端的衝突。領著幾名侍從回到十王宅，大步直直穿過庭院，大花廳前卻即見一身揹把長劍背向這女子，劍身己黑布包裹，怒氣沖天的李錦繡一瞧便知是董卿真，說：「知道妳這道姑會來。」

「早晚。」董卿真同時轉身。

「那妳走錯的方。」

拆簡單的幾招，董卿真硬是以內勁逼退李錦繡，並再傷了十王宅的幾名子弟，後，又說：「在想的只是，現是早還是晚？」

「敢公然挑戰西冷八家！」李錦繡另讓人著遞上鋼刀，同凌空而至。

「不就是你親身調教。」

似互有進退，往來之間。鋼刀虎虎生風、呼呼作響而過。

「說你們這些閹派，善用美人計。」同時連下兩城，鋼刀轉眼易脫手，落地前董卿真以腳尖再還給了李錦鏞，繼續說：「而我卻不認為，就只不過是色令智昏。」兩方各自落定。

「還是妳應該走盧龍府。」

「十王宅是之前的一碟小菜。」

鋼刀架於胸前，不敢掉以輕心的李錦鏞離間說：「想領教玉蝶雙鉤，何不就直接以劉從恩為敵？」

「這時我想到齊王的說法……那劉從恩就太看的起他自己了！」董卿真緩緩離開，縱身飛上屋簷，同時已不見人影。

留下那談不是錯愕的李錦繡與進退兩難的十王宅弟兄。

一手牽著厲歸真讓他學著步行，張媽跟著慢慢跨出門檻，走出廳外。早晨的燕山，空氣顯的十分清晰。亦跟著而出，就站在階梯前的花見羞喃喃的與葉霜飛說：「落齒復生，青春永駐？雲天內家的功夫，都還不如現在的妳。」

「卻沒說明王鶴之死。」

「耶律圭峰當然說他應說的地方，這也是在厲家教我的事；昨我夢到花戒，我姐，淺淺的夢裏，她並沒與我說上什麼。……相較以前，早上起來她定是會幫我梳頭，晚上我必需牽著她的手才能入眠。當天，我沒能再睡好，輾轉難眠，或還驚醒，冷汗透背的翻身起來。」

葉霜飛說：「我有兩個姐姐。」

「高麗回來後，殷觀路沒上山莊來看妳。」

「入法門寺後，我也才知道她回來。遠嫁高麗淵蓋蘇文，我也只比老爺早一天知道。她接到手書一封後回身便跟我說。」

「傷心難平的伐楚古。」花見羞說。

「見過？」葉霜飛指的是滄誰鋒高手伐楚古。

目光跟著張媽帶著厲歸真走石階而下。花見羞只說：「殷觀路想說明什麼？或對她自己。……落雁弓仍置於法門寺？」

葉霜飛自言說：「耶律圭峰倒是止乎於禮。」

「大概是我已是一個孩子的媽。」花見羞笑著。目光在下頭黃土上的厲歸真。

葉霜飛的心思仍在殷觀路說：「同樣走這一趟，不同的是，妳帶個小男孩回來。」

「生育讓女人更有價值。」

「老爺的說法不是？或不然妳就只能像是等待枯萎的花朵。」葉霜飛才轉而說：「錦盒仍擱置在那，姐你沒打開瞧著。」

「王鶴的鐵拳本就略遜一籌，恐還不是四白尊奴之一的對手。」

「去弔唁老爺。」葉霜飛的心思轉在上山莊的耶律圭峰。

花見羞說：「整個山莊，三人女人，一個小孩。為免惹人閒話。」

「我也不知該不該留在山莊，或許妳回來的正是時候，也可能等不到任何人，卻又隨時想走。」葉霜飛有些話想說。

花見羞轉看著葉霜飛，然後說：「別胡思亂想！」

「還一道花椒魚頭。」

劉從恩是看了領前的朱子羽一眼，朱子羽知趣的即又說：「少保，那你們坐。」同時亦讓所有侍女退去。

松風閣的敞廳內只還留有童鐵耕。劉從恩才說：「齊王去與花見羞會面，或意在言外著枯樹賦在綠白山莊。司徒林靈素是己知情⋯⋯。」移開酒杯，換茶碗在前。

「應在黃州浪人入關前後。」

「枯樹賦與齊王無關？大漠現戰雲密佈，隨時會自相殘殺。汴京不一心想收復燕雲十六州，你還貴為太子少保。」

「枯樹賦上記載的是什麼？」

「回去問林靈素。」

再喝下一口酒後，童鐵耕回說：「還是由盧龍府一手主導，劉厲頓入空門的伏筆。」

「鄭靖比我還小兩歲。」

「而不同你卻是以大宋子民自豪！」

都沒再動那滿桌的菜餚。劉從恩深深瞧著那童鐵耕說：「女真是女真，契丹歸契丹。走古陽洞，是為不空和尚帶話給林靈素，亦或是為林靈素帶話？不空和尚這下子再也按捺不住，不是嗎？」

童鐵耕問：「為何說，回去問司徒大人？」

「除盧龍府外，他是第一個知道的。上次在虎北口外，你童少保另安排不空與司徒大人兩邊的會面。這樣看來林靈素是對枯樹賦興趣缺缺，決定將汴京置身事外。」

「我童少保不替司徒大人發言。」

「收復燕雲十六州，也只有我盧龍府並非空言。」劉從恩又說：「且林靈素知道枯樹賦的整個來龍去脈，那你童少保又知道多少？」

「知所當知。」

「鄭靖對你也有知遇之恩。」

童鐵耕說：「成大事者，不居小節。」

「你知，我為何跟你提起鄭靖？」童鐵耕並沒回應，劉從恩又說：「有些人得罪不起，因為那些人會記恨！今晚，我也說了些，我不該說的話。」

「謝謝前輩的提點。」

「嶗山派這些傢伙都應稱你倆為師叔祖……落齒復生。」劉從恩才喝下桌前那口茶。

…落齒復生。心想對面劉從恩決不會說出那所謂不該說的話，像是意在言外，更為慎密，請君入甕的計劃。花椒魚頭最後上桌，而童鐵耕亦轉說著蕭羌，在翠門之前，或在後的恩怨…。

「鄭靖被嶗山弟子劃破後頸。」

「參鐵手終非池中之物…。」來到早秀堂內的耶律圭峰，又說：「該是去拜訪不空和尚的時候。」

廳下站立的斐開成說：「需要通知嗎？」

「劉從恩除提及真貢道人外，還說了什麼？」

「相信齊王也知，劉從恩自視甚高，只要入廬龍府的人他總以為就是要沾些便宜什麼？來人都只想順手牽羊。目光多落在褚遂良的字軸，另提到翠門鄭靖與蕭羌，蕭羌另立嶗山派時仍與鄭靖情同手足，鳥盡弓藏的鄭靖後再與連手將蕭羌逐出翠門的童鐵耕翻臉無情，童鐵耕最後不得不入了虎北口，而董美人自桑椹娘，四夫人入主後，便不再踏入廬龍府。」

「資質風豔，善歌舞，桑椹娘出身風松閣侍女。那時朱子羽什麼都不是。」耶律圭峰避開董卿真。

斐開成問說：「要早秀堂陪同前往嗎？」

耶律圭峰沒回應，只說：「不空和尚讓童少保帶些口訊給汴京林靈素，女真與大宋間仍互通有無。…與勝美大妹相約下午。」

「還有杜之弼在場。」

耶律圭峰起身走了下來，停步在斐開成的身邊，說：「不是一直想問花見羞？容貌、資質如何？」

「如齊王不見外。」

「燕山、壙水、飛霞道邊群據了不少無名之輩，防不勝防。葉霜飛在法門寺與綠白山莊之中都被忽略，此行走往…。」耶律圭峰並沒直接回應，另想到的是與不空和尚的白鹿崖之約。

「殷觀路的小妹。」

「枯樹賦與殷觀路無關。」

斐開成說：「那齊王走綠白…。」或還是欲從齊王嘴裏多知道什麼。

「〝韜〞弓套、隱匿之意，如何處理董卿真將決定何飛騎在嶗山的地位？目前自告奮勇、毛遂自薦的名單有連鳳鳴、劍陣首座商法強等。」

「連鳳鳴？那要瞎扯的何時。」斐開成語帶不屑。

「就相約五國城外，為方便不空和尚；別被女人的外貌所蒙蔽，或是該被女人的外貌所蒙蔽。」

而斐開成說法是：「人之常情。……桑椹娘入主盧龍府與李錦繡有關？」

「你不就是出身十三翼。」

「是。」

「桑椹娘亦為十三翼。」田黃石又與胡工說：「盧龍府你去過嗎？還是你連劉從恩都沒見過？」

范同柏這才落馬在鳳陽井的驛站外，同為遠處燕山的一角。胡工同亦瞧見轉說：「人到了！」

田黃石才將話暫告一段落，說：「那已是三十年前的事。」

「脫韁野馬！」范桐柏人還沒坐下，即又說：「連嶗山派都拿不出什麼主意，何飛騎，荒腔走板、錯失良機，只找個代罪羔羊，懲處了事！一路過來都在指責南北兩院，婦人之仁、首鼠兩端。」同時接下胡工倒上的茶水。

「該捲入十宅王的私人恩怨嗎？」田黃石問。

范桐柏說：「桑椹娘應知道此事。……誰碰上誰倒楣！嶗山派的董卿真對上盧龍府的桑椹娘，新仇舊恨，這場爭端下李錦繡只會是個無足輕重的角色，我若是李錦鏽很快就會釋懷。」

「做樣子。」田黃石指的是嶗山派。

范桐柏說：「董卿真項莊舞劍！」

「亦與枯樹賦無關。」田黃石回應。

「有關。」范桐柏喝一口茶後，問胡工：「怎麼不說說你的看法？」

胡工說：「很快就殺紅了眼。」

「有劉從恩在手，桑椹娘以逸態待勞，先按兵不動！嶗山派將由誰下山取回韜情劍？人選也呼之欲出。」田黃石說。

「何飛騎為首選，或還有些勝算？」胡工說。

田黃石說：「一決雌雄，韜情劍就是為對付玉蝶雙鉤。晚年的劉從恩難堪至極，為少年風流事，付出代價。」

范桐柏與胡工說：「真貢道人很看的起你。」指的是鄭靖所謂遭嶗山伏擊之事。

「哦！」胡工簡單應著。

「真貢道人總是有那神來一筆。」田黃石說。

范桐柏回應田黃石說：「這話你說的太客氣！面對整個嶗山派與繁露廳，大漠說法，處世要有個一貫性，不能前言不對後語；法門寺進不去，要找枯樹賦，就只能上綠白山莊。」

田黃石與他說：「別蠢動！等童鐵耕到。」

「請！」

換親身引領著勝美大妹，剛送走耶律圭峰的斐開成同走前入廳，又說：「還沒能去拜望真貢道人，先生，坐。」

「多謝。」

早秀堂內另還有相約在杜之弼，亦與他說：「我們在戲鴻堂見過。歡迎。」

但不見王行天。同時都在圓桌旁。

「戲鴻堂我們另在安排日期。」斐開成再與勝美大妹，說：「三堂一向是廣納各路江湖人式，不分你我，先來後到。整個燕山群山內外，為翠門、三堂與西冷八家所盤據，再外圍，所謂的大漠才是繁露廳、西樓城、古陽洞、盧龍府、還嶗山派。」

「綠白山莊。」勝美大妹說。

斐開成說：「倒是不這樣認為。」

勝美大妹說：「四白尊奴之二已在這燕山，當是會造訪花見羞。」

斐開成說：「是已接獲消息。相信先生並非為了此事而來。」

杜之弼接下說：「決定離開真貢道人？一直都有這樣的傳言，先生你行事一向低調。」

「江湖說不正確。」

「對！對！對！」說錯話的杜之弼連忙點頭稱是。

同時僕人上茶退去，三人轉而閒談幾句。雖知道勝美大妹已與嶗山文平見過面，來早秀堂只不過是要找個待罪糕羊，無論這是否同意，或知情與否，但斐開成仍與勝美大妹說：「用茶。擇日等三堂聚首，再請生先過來。一切從簡。」

勝美大妹說：「來談談童少保與汴京的關係。」

「先生的意思是？」

「早秀堂意思是？」勝美大妹回問。

斐開成沒再接應，話留給杜之弼說。杜之弼說：「後還有個文殊掌侯溫。汴京與童少保，西冷八家是如何？還請先生說分明。」

勝美大妹說：「不必忌憚西冷。」

「自是這樣。」斐開成說。

「與女真不空和尚有關，大漠局面就會整個改觀。劉從恩也在覬覦燕雲十六州。」勝美大妹說。

「那先生打算如何？」

在未得到回應前，也不會得到任何回應。杜之弼又說：「童少保為花見羞夫婿的結拜大哥，換言之童少保稱花見羞為弟妹。」

勝美大妹舉起茶碗，先緩緩喝下，才說：「童少保不應走訪古陽洞。」並放下茶碗，後又說：「這局他玩不起！」

「早上還沒吃呢。」

前後只有錯落著幾戶人家，羊腸小徑似乎漸漸熱鬧。法門寺的牌樓外卻群聚各式的小販，挑著扁擔或在落角叫賣。趙若新偷得浮生的在屋蔭處乘涼，轉頭看著剛回來的鍾流，才回說：「我是又餓了。」

「鬼影都沒有。」

「沒人見的到殷觀路，除非她願意現身！說到這，大哥說：你留下來即可，黃州浪人在此，或不然就是幾個閒雜人等。」

「大哥沒一起回來？」同時將坐騎繫上後的鍾流說。

「不知去哪？。」趙若新還叫了對面的涼茶。

「是熱。」

初升太陽就已讓人炙熱難耐，無所遁逃。

「董美人這下子將嶗山派搞的雞飛狗跳，焦頭爛額。聽說嶗山派連鳳鳴嗎？」轉頭同見陶明師與兄弟由剎路那回來，幾人騎馬浩浩蕩蕩，掀起黃沙滾滾。鍾流問：「怎樣的人？」

「真貢道人亦復如此…。」接下涼茶的趙若新轉與夥計說：「再多來幾碗。」指的是回來的弟兄。

「好的。」夥計退回對面。

先是一口喝完涼茶，趙若新才說：「童鐵耕與大哥都是汴京與繁露廳，契丹、大宋間的信差。虎北口會被人在暗處圍剿，處境極其危險！我已收到消息。雖原是井水不犯河水。」餘光在那鍾流的坐騎。

愛馬成癡的鍾流知其所以的轉說：「就差沒跟她夜渡。」原就心不在焉。

「少有人可以將一匹馬照顧的如此無微不至；我的意思是枯樹賦吹皺一池春水。有劉從恩在，那董美人暫且還不會走往盧龍府。」

「大哥還不知枯樹賦的秘密？」

「這樣或許還能瞧見明日的太陽。不空和尚若離開古陽洞就另外說明，他是已知其中的秘密。齊王不得不多所憂慮。」

鍾流說：「你在說什麼？」

「齊王暫且還不擔心與汴京的關係⋯⋯。」

眾兄弟才落馬在前。趙若新轉而先問著陶明師，說：「不是走往盧龍府，朱子羽是否回覆人家？」

陶明師先與鍾流說：「鍾流，留先你下來。齊王再召見我等。」目光再轉向趙若新，又說：「晚些時候就跟我一起走。」

餘光在那似沒聽到的鍾流，仍專注在他的坐騎上。趙若新點頭回說：「好，大哥。」

「泡茶，張媽。」

「是。」

「還請霜飛過來。」

再次轉身點頭的張媽才又離開。

「請。」

與紫黑、紫藍繼續進入廳內。厲歸真正獨自在地上那玩著人物泥塑，花見羞在前，並不見外的，轉身示座後，便直言，又說：「承如剛剛所言，”玉匣“這門工夫指的是蜀葵指與鐵影壁，這皆與綠白山莊無涉，更何況戲鴻堂的王鶴死於掌力，若說耶律圭峰讓黃州浪人去鎮守法門寺，這又能說明什麼？或還是不空和尚有什麼說明？亦無可否認，我花見羞是之前知情。」

「枯樹賦記載的是”雲天內家“的長生不老之術。」

見花見羞面無表情，氣定神閒。換由紫藍說：「這些耶律圭峰日前都已向妳說明？」

「所以董卿真說：『是女人都想要？』。」花見羞並不打算遮掩事實又說：「而找出安錄山之墓的是桑樵娘，一手操弄、挹注著戲鴻堂，只不過王鶴或王行天另有盤算，直到齊王上了山莊。」目光或而在兒子歸真那，但不打算特別介紹。

紫黑說：「花二姐似乎太過淡定。你爹，花前輩的書房不是也遭池魚之殃。山莊外頭可是風聲鶴唳、波瀾再興！」

「就是桑椹娘與董卿真兩女的惡鬥。我花見羞，綠白山莊無意介入，也不會就介入。再論雲天內家，我是個女人，若說我不需要，那又太過矯情，不通情理。應這樣說吧！我也是這樣告訴耶律圭峰。」

等張媽遞茶離開廳下。

花見羞又才繼續說：「花四喜，我爹，他總是這樣說：我不是這樣教妳們的。」

「花四喜生前雖是以寒蟬劍法名震江湖，在長安城使的銅駝鐵掌才堪稱一絕，至今仍為人津津樂道。」

「銅駝鐵掌是蕭羌的說法，就是花家十七路。」

紫藍的目光轉在那各式的泥塑人物，說：「恐還不只。」

花見羞知道倆人的語意，回說：「有人說我爹畢身所學，其精要全形塑在這各式的人物之上，那仍是蕭羌生前酒後之言，就與我爹倆在這煮酒論劍。爹生前是極其好客，綠白山莊總是鬧哄哄的！」

「之前不是有綠白山莊四字的橫匾？」紫黑抬頭看著上頭的橫樑，現雖遍尋不著痕跡。

「讓人給拿下來。在我上花轎，離開燕山的前一晚。」花見羞仍一派從容的回應。

紫藍說：「與花逢春大哥有關。」

紫黑說：「風雲際會。劉從恩說：『綠白山莊重新開張！』。」

外圍的雲霧似同時葉霜飛入內。花見羞先轉與她說：「來的正好，妳也來聽聽，葉霜飛，他稱我為姐姐，古陽洞紫黑、紫藍兩師兄。」目光已再轉過倆人，

而葉霜飛先抱起主動走來的厲歸真，轉而一並坐下後，簡單說：「久違。」讓小小的厲歸真跟她擠在一張椅子上，

花見羞說：「所有的迷團是由王鶴之死，亦為我花見羞揹著歸真離開厲家開始⋯⋯。」腦海中卻翻攪著花戒與紫黃，四白尊奴之一，慢慢的等著開始再次被無情的撕裂。

第五章　藏污納垢

田黃石轉與童鐵耕，說：「飛鳥已盡，你與真貢道人的恩怨同樣未了！要小心行事。所謂明槍易躲，那勝美大妹並非什麼正人君子。」

童鐵耕沒回應，或只能等著機會，如同那浴火鳳凰般。

「你們的說嶗山連鳳鳴是誰？」或是假不知。

「北院的副執法！」

「黃州浪人與耶律圭峰同走五國城。」

在與幾名賓客招呼後即起身告辭，當家的劉從恩自然列席。只是禮貌性的待上一會，離開書樓的桑椹夫人改轉往側廳，沒再理會他們的說法，一侍女又再後跟上。入了廬龍府表面全是恭維之詞，暗地裏是機關算盡，步步為營，或習慣為之，早已見怪不怪⋯。

獨自來訪王行天已站在廳前，同樣示意讓侍女留外面，即主動上前，先說：「董卿真走十王宅之事，我早已聽說。」

這才收起作揖，回說：「恐還是會先上綠白山莊！走往法門寺應會暫緩，擱下。」

「怎麼會是殷觀路的對手？」

「勝美大妹對虎北口的童少保頗有微詞，在人走往古陽洞後情勢有變。據悉警告意味甚濃。」

桑椹夫人同樣沒等王行天將話說完，即說：「戲鴻堂別插手。」

「童少保與鄭靖的恩怨一直未了。」

「不解的是兇手卻留下你這活口？」王行天並未辯駁，先讓桑椹夫人將話說完，聽她又說：「王鶴僅知枯樹賦就是一般字帖，所以欲將字帖轉給買家東塘，這可以說的通。事先能得之其中秘密的，為蕭羌、花四喜與鄭靖，當然還我們家老爺。耶律圭峰應由董卿真那得知，率先獨走汴京林靈素現卻無意插手。董卿真、花見羞、勝美大妹，都列名其中……。」

「為何說汴京知道此事？」

桑椹夫人冷眼回應。王行天才轉而，又說：「勝美大妹走過早秀堂，我藉故推辭……鄭靖是已準備除掉童鐵耕。」

「童鐵耕也並非只是一般武師，還要能乾淨俐落才事；不空和尚事前應不知情，雖他與花四喜有十數年的交情，之前江湖輩份仍有差異。原以為神不知，鬼不覺……王鶴故意支開了那般盜墓賊，聲東擊西，瞞天過海的讓他們繼續由北側挖掘，而自行趁夜入侵。枯樹賦在王鶴的手上應不會超過幾日，夥計不知信的內容，而信中的內容亦沒指名為枯樹賦，這之中發生了什麼事？另還有誰知情？」桑椹夫人等著王行天接話，繼續又說：「所以耶律圭峰先上了綠白山莊。」

王行天才接道：「桑椹娘讓我來是為此事？」

「去繁露廳之事我是在之前得知。」

「桑椹夫人想說的是。」

桑椹夫人直言說：「耶律圭峰不會空手上燕山，當然也不會為一睹花見羞的風采，所謂幕名而去。你王行天跟著王鶴入了安錄山的墓穴，不是嗎？在走繁露廳帶了什麼物件給耶律圭峰？」

「晚了！我回房去。」在旁的葉霜飛說。

等花見羞抱著熟睡的厲歸真上床，並將其蓋上被褥後。

「妳也坐下來。……過一陣子讓歸真換間廂房。」轉身的同時花見羞又說：「所有的事妳也都明白，當天耶律圭峰在山莊，妳全程參與、在場……。」人已先坐下。

而我去讓張媽再倒碗茶過來，但只是回說：「那錦盒妳還沒打開？只讓張媽收拾起來。」

「麻煩早就入了山莊。」

「為何這樣說？」葉霜飛說。

「生命中我希望有妳與殷觀路的出現，雖然殷觀路在山莊還不足半年的時間。也或許是我爹為彌補花戒的缺撼，現只獨留下妳……。」

多時葉霜飛並不是這麼想提及殷觀路，像是陰魂不散的纏繞著，雖她現是想談四白尊奴上山或紫黃之事……。細心的花見羞見狀轉問：「怎麼了？」

「沒有。」

「今不談我，說說妳。」

「我？」仍沒能回神過來的葉霜飛回應。

兩人齊間而坐，隔著茶几上的燈火。

「是，談談妳自己葉霜飛。」

「我是男人我就娶妳為妻。」見花見羞笑了笑，葉霜飛又說：「為何稱花逢春為”蛇步”？」

「那是譚鍔給他取的別號。」

「殷觀路最怕他，鐵鎖山的寒鴉。而”寒鴉“這兩字又出自伐楚古之口。」

「三隻醉貓。」

而葉霜飛卻覺的好笑，卻又臉色一沉悶，說：「為何會這樣？」指的當是男女間的情感變化。

「離開厲家…。」

「知道淵蓋蘇文這人…，或許連殷觀路自己都不知是何時漩入這情感的糾葛之中，或許跟本沒有糾葛。伐楚古至今仍在凌煙閣底下，殷觀路不得不然…。」等著花見羞自己開口的葉霜飛說。

「而我們倆都做了同樣的決定。只是忽然之間，我們的話都說完了！殘忍且無由。」

「我們？」

花見羞並沒將”我們“這倆字多做解釋，無可否認是已有些語無倫次，只說：「難以平撫的情緒，如影隨形…。但無論如何妳都是家裏的一份子，這點無庸置疑。」同時搭著葉霜飛的手。

殘忍而無由，……葉霜飛的心思是落在這點。

各派的代表、要角已至，西冷八家來了七人，只有桂蘭碼頭的范同柏因故未能成行。十王宅內大夥閉門商議，李錦繡起身趨前，說：「與董卿真的恩怨就自行了斷，不妨礙各位兄弟！」

「這裏面本來就沒是非。」

「桑椹娘原是松風閣的侍女？年青的劉從恩亦是如此風流。」

「嶗山派怎麼說？何飛騎呢？」

「真是連鳳鳴。」

「廖化？蜀中無大將。」

田黃石轉與童鐵耕，說：「飛鳥已盡，你與真貢道人的恩怨同樣未了！要小心行事。所謂明槍易躲，那勝美大妹並非什麼正人君子。」

童鐵耕沒回應，或只能等著機會，如同那浴火鳳凰般。其中仍有門派持不同意見，對李錦繡說：「由你李錦鏽親身調教，為向盧龍府靠攏。」

「她芙蓉如面、天生麗質；冠蓋滿京華指的就是十王宅，那時是盧龍府欲拉攏十王宅，整箱、整箱的金銀往這送，話應該是反過來說。」

「是你將她由松風閣贖出。」

「家道中落的老友臨終所託。」

「為何不留在十王宅？哦！我忘了，你李錦鏞是個大太監。」

與十王宅一觸即發，幾方自家兄弟對峙著。童鐵耕起身站在中間，與大夥說：「退下！退下！」情勢暫緩後，又才說：「大老遠跑來燕山，不是為了看自家兄弟殘殺。」

「那西冷八家之後又該如何在江湖上立足？」

「嶗山派坐山觀虎鬥，借刀殺人。．．就是這個意思。」

差點擦槍走火，自家人火拼。田黃石接下說：「江湖上傳言，玉匣這門工夫就記載於枯樹賦上，還是多花點心思在上，不是嗎？」目光落在甚少說話的胡工。

「黃州浪人也為此入出關。」

胡工微微的點頭，就只是繼續聽他們說。

「真貢道人的說法，擒殺王鶴的為一個女人。枯樹賦出土的同時，花見羞背著她的小孩離開幽州厲家。」

「沒有人說那是種巧合。」

「身背韜情劍的董卿真幾日內就會上綠白山莊。」

童鐵耕說：「她還是為對付桑樾娘。若論耶律圭峰與花四喜的交情．．．。所以再讓黃州浪人離開法門寺！」

「嶗山派無動無衷？完全不給西冷八家面子。」

「即然登堂入室就不全為十王宅之事，還是這裏面已有人拿到拐子的好處？」

持不同意見的弟兄直問著李錦繡。

決裂的氣氛讓初生的西冷八家如陰霾罩頂，久久不散。田黃石只說：「即然董美人敢入十王宅，就不會將西冷八家放在眼裏。」目光又落在李錦繡。

精緻而雖小的偏廳內並無其餘人。勝美大妹先與剛入內的朱子羽，說：「多謝款待。」轉頭繼續看著遠處虎北口的方向。

「還希望先生常來！」

「嶗山派玩假的。」

「汴京、繁露廳沒人認識他，那連鳳鳴。」

還是閒話兩句的勝美大妹，轉直接切入主題，問：「松風閣位於燕山與虎北口之間，下南上北，有地利的位置；人選還沒找到？」

「沒人願意面對童鐵耕，涉入與翠門間的恩怨，目前。」

「你朱子羽不是可以飛天遁地？且無所不包。」當是沒得回應。勝美大妹又說：「如鄭前輩所言，燕雲十六州歸契丹所有是不願再見到兩方鋒火連天、生靈塗炭，你們多所錯怪他了！還是我簡單的說，家師你得罪不起。」

「盧龍府一直打算吸納各方，廣徵人才，當然盤算著虎北口。」朱子羽說。

「劉從恩的來日無多。」

「話是如此⋯⋯。還是只需讓童鐵耕知難而退？」

「你有辦法？」勝美大妹轉頭看著朱子羽，但沒收到回應，又才說：「等會我就會離開松風閣，馬備好了嗎？」

「當是交待下去。」

「連盧龍府都不敢正面與鄭前輩翻臉，回頭我將不再踏入松風閣，你朱子羽也不要再入翠門。」

遭脅迫下朱子羽也只能說：「何時動手？」

「等候通知。」

「少保童鐵耕非等閒之輩，三堂是否洩漏消息？⋯⋯後頭的兄弟文殊掌侯溫亦多有質疑。

「不，這些你無須擔心、多慮。」

「之前能見真貢道人嗎？」

「我自會說明。」

「那飛霞道上，錢莊之事⋯⋯。」

「你想插足飛霞道？」

「只是想明白道人的意向。」

勝美大妹卻只轉身離開，緩步走人，後才在經過旁的朱子羽身旁時說：「西冷的暗樁你得自己安排。」

「路上辛苦了！」入內的耶律圭峰見到陶明師等黃州浪人，再轉與參隨說：「照顧諸位弟兄。」

「轉來五國城前⋯⋯。」陶師明話還沒說完。

「出去走走。」

僅留下的趙若新在後跟著離開廳前。耶律圭峰這才又說：「法門寺那仍平靜如昔？」

「不識殷觀路，願識花見羞？」

「江湖多言過其實。」

「說真的，黃州浪人是慕名而來。」

耶律圭峰笑了笑。陶明師邊走又說：「沒有男人不想一睹她倆的風采！殷觀路出身宿花台。」

「滄誰峰伐楚古。由高麗回來的殷觀路身價不降反升，看來我耶律圭峰應該開放法門寺才對。范同柏沒過樓牌就己被檔住，或不然我就親手將他丟入河裏餵魚。」耶律圭峰說。

三人走過院內，同時離開燕山的避暑山莊。趙若新先沒接話，才說：「齊王到這多久？」

「幾天了！…想探探那不空和尚。」

「探？」趙若新注意那耶律圭峰的用字。

耶律圭峰回說：「擺個魚頭宴。」

「不空何時？」

「昨己讓人帶書信過去。古陽洞為西域神秘教派的一支，紫黃，四白尊奴等都是不空的俗家子弟。」

同在靜寂的小巷內，清風徐徐、落葉紛紛間。走前的耶律圭峰又說：「…是有段難解的情緣。」話並不想說清處。

換陶師明說：「王鶴並非死於不空之手。」

「三堂在自抬身價。」

「或是玉匣這門工夫，汴京林靈素為何會冷調處理？」

另由陶明師回答趙又新，說：「當然是以宋遼的關係為先。勝美大妹尚不具這種實力。」

趙又新說：「呼之欲出。」

耶律圭峰說：「所以我先到這五國城外。契丹當以女真為要。」

陶明師問著耶律圭峰說：「我以為會走綠白山莊？」

「會何會這樣說？」

「每人都知道嶗山董美人在那！」陶明師轉又問：「齊王怎麼看待你與那不空的

白鹿崖之約？」

原心思在那尚未能找到屍體的花戒，而邊走的耶律圭峰的目光在那巷口門前的小孩，皺著深深的眉頭，亦目不轉睛，或真少見陌生人，似在問著：『你們幹嘛來這？』

董卿真自行身落綠白山莊的大院，正欲穿堂而過，還弄不清處走向時，同亦知道有人由後現身。後頭還另有一個女人，目光再落前頭說：「花見羞？」

「連誰是誰都不知道，那還不請自來？」前頭的葉霜飛說。

「當然不會是慕名而來。…什麼不識殷觀路願識花見羞。」

「罕見！」

董卿真的餘光轉向說話花見羞說：「紙是包不住火！既然早晚要被人揭穿…。」

「話應去跟廬龍府說。」花見羞說。

葉霜飛亦接下說：「師太，妳會不會太看的起自己？」

「小ㄚ頭！…那我今就來試試花家十七路。」率先與葉霜飛交手的同時回說。直接走的是嶗山斧鉞鎖，雙手形如高山飛瀑直洩而下，再又濺如空中散花，潺潺順流，董卿真又說：「耶律圭峰跟妳說了不少。」

並非花家十七路，葉霜飛使的是宿花手刀，為殷觀路所傳，虛實之間，難以讓人招架，並回說：「不惜血本，離開嶗山。」

「論嶗山，我董卿真能去，當然可以走！」

「華而不實。」葉霜飛卻評斷著斧鉞鎖。

花見羞同時前後與董卿真交手，低盪盤旋，交互錯位間。董卿真才回應葉霜飛說：「乳臭未乾。」話沒說完，。

「小心，韜情劍！」花見羞將葉霜飛拉開，換他在前。跟上的花家十七路如晚霞空濛、飄煙綻放。

「妳果然是花見羞。」董卿真的以勾引西風之勢，劍千尖直指而去。

仍雙手而舞，花見羞單掌直鋪而下，如雪花蓋頂，再取天靈。

驚心動迫間，有劍氣護體的董卿真難以近身，說：「還是以這招擒殺王鶴？」嶗山劍法渾定無據，如落日山幕。

「綠白不再涉入任何江湖事。」與董卿真面對的瞬間，花見羞這麼回說。

借力使力，劍尖落地彎如大弓，掏情劍直鋪而去。「你踏出厲家的那一步就已經不是了！」董卿真轉身再與葉霜飛交手。

斐開成、王行天連袂來到約定的道壇外，同時落馬後問著上前的小道士。倆人並在指引下來禪房的一角落。

先瞧上白雞鬼鬼祟祟的在大銅爐下遊走。

鄭靖一瞧到人便說：「有話要跟你們說。」走側邊，穿過樑柱。或都有些驚訝，倆人站在祭檀之前。鄭靖又說：「解玲還需繫鈴人⋯。聽說魚頭宴了嗎？」

「道人有何貴事？」斐開成直接問。

鄭靖自顧說：「不空和尚是會赴約。」

「與三堂何干？」

「為何耶律圭峰席設五國城，而非西樓城？會讓你們三堂坐陪，雖你們尚未接獲通知。不空和尚一心想圖謀契丹，迄今仍不改其樂。原轉而欲先讓花四喜臣服在古陽洞底下，為獲得公平，公開比試的機會，不空和尚自行約定說閉關二十年，花四喜認為年青不空和尚還不成氣候，用心良苦的幫了他一把，或不空和尚不然早成耶律圭峰的八段錦下的冤魂。」

「所以花四喜同意比試？」

「這段塵封往事，說起來你們不懂，也不信。」鄭靖轉過大銅爐。

「還沒二十年不是？雖花四喜已在二年前仙鶴西歸。」

「花見羞在出嫁前將花四喜生前的手書讓人送去古陽洞，書信的內容不外乎如此。時過十五年泰至神拳已非吳下阿蒙，深淺難測，耶律圭峰是該有所顧忌，防微杜漸。」鄭靖邊還餵食著地上的白雞。

「耶律圭峰怕不空和尚？」

鄭靖回說：「這你斐開成話說的太過粗淺。於白鹿崖的比試，當時也只有劉從恩在場見證。」

才換由不以為然的王行天說：「翠門至今與童少保地恩怨未了！江湖上不知道不多，不信的人不少。」

「聽說什麼？」

「堂而皇之的勝美大妹。」

「等、等、等、等，不是要談飛霞道？」斐開成一頭霧水。

「…那天最後走的是你？」王行天沒回應，也沒表情，鄭靖自顧的又說：「是你王行天最後離開那錄山的墓穴。」

都沒理會斐開成。王行天仍與鄭靖說：「道人與那驢子脾氣的童鐵耕仍宿怨未了，你死我活，外面早已是傳的沸沸揚揚。勝美大妹豈非你授意？」

單手抱起地上那隻白雞，原蹲下去鄭靖只說：「那是你們晚輩之事。」

「晚來一步。」

見一背劍的女道士走馬離開木森鎮。趙若新跟著回頭，瞧那背影著，又說：「就是董美人，沒錯！」

兼程趕來燕山的黃州浪人，都立馬暫停。「追！」一名弟兄說。

而陶師明只說：「依齊王的語意是不願見到兩敗俱傷，臨行前並沒特別說明什麼。」並沒動作。

「這樣看來董美人完整無瑕。」

「她上燕山討不到便宜！」陶師明又說：「或不想讓我們參與魚頭宴。齊王面對不空和尚是還些商議的空間，雖總是芒刺在背。」後又讓四名弟兄先跟在董卿真後面。

一個真不起眼的小鎮，或如同那世外桃源的寧進靜小鎮，還一名弟兄放眼望去，轉說：「就只是個非遭人廢棄的伐木小鎮。」

另名兄弟說：「還以為獨厚殷觀路。」

趙若新說：「走這是也可以見到花見羞，且這人煙較為稀少。」

但前頭沒任何的路標，足以辨識的屋舍，就是一條再普通不過的窄狹市街。

「你怎麼知道？」弟兄問。

「過虎北口時問童少保的。還有就是上白鹿崖，那頭璜水的支流。」趙若新又說：「齊王或不是不想拿到枯樹賦，而是不想陷入這女人的爭寵、爭端之內，現還多個綠白山莊，那還能怎麼玩？」

「一說花見羞離開厲家，轉道戲鴻堂取走枯樹賦。」

趙若新說：「走這條也可到戲鴻堂，不過是碰到銀杏林轉往西走。」

「這讓我想到飛霞道的陸伍。」陶師明說。

「童少保也在這，虎北口的弟兄。」另一名弟兄識出路口的一人。

「應也是前腳到。」

「這麼一大批弟兄，相信童少保也知我們在這。」

聽著弟兄問相互說著的陶師明，接下說：「西泠八家其中有廬龍府的影子！桑椹娘著力甚深，表面上輕鬆自在。齊王就是靜觀其變，不能讓這兩名女了亂了大局，在野的勢力。」

「董卿真悻悻然的離開？要說的是枯樹賦仍在山上？」

「飛霞道上現有誰？」

「卻只是讓我們遊走在法門寺與綠白山莊之間。」

陶明師這樣回答弟兄說：「齊王有意讓我們黃州浪人入主飛霞道，齊王昨才私下表示。」

「何時？」鐘流卻像孩童般天真的問。

應是霸子陶若新開口，話該反過來說才是，黃州浪人染指飛霞道，在旁的趙若新仍就不語。

連鳳鳴手握雙拳，說：「我天不怕！地不怕！」

無視於嶗山派的南北兩院與獅林，在列的何飛騎、文平、商法強等眾家師兄弟、要角。同樣每人都在問：『為何不是你何飛騎親身出馬？』或連何飛騎都這樣質問著自己。

第六章　魚頭宴

「老爺，…既然不想說。」敞廳外，傳入點點花草香，陣陣清風。桑椹娘起身站在劉從恩之後，又說：「〞雲天內家〝在綠白山莊。」邊以手指按摩左從恩的肩頸的大穴。

「老了！」劉從恩說。

「王行天雖為鼠輩，但還是有一定的用處。大漠風雲詭譎…。」

「信上的內容另說些什麼？師父。」

深邃石洞內的鐵鐐聲再次停下，但仍未能見到人影。外頭的紫黑又說：「三堂幾日內亦會出現在五國城。」

「準時赴約。」

旁邊的紫藍與紫白都聽的很清處。石洞內又說：「耶律圭峰那小錦盒說明著雲天內家在日前已經出土，就是由戲鴻堂王行天帶去繁露廳，難以想像的，花見羞倒是坦然面對，無所畏懼，頗有乃父之風！」

「山莊內冷冷清清。」

「一起一落。雖然花見羞是已將綠白山莊的橫扁卸下，但她渾然天成，心繫江湖，無庸諱言，出身就屬於江湖，任何人都無法遮掩住她應有的光芒。入了厲家，離開厲家；紫藍，明天你去回覆耶律圭峰，就說我不空和尚準時赴約。」

「是。」紫藍回應。

「還有個十四歲的葉霜飛。為師的倒是沒見過，應在同年我閉關古陽洞這。」

「耶律圭峰口中的葉小妹。」同為紫藍的說法。

「嶗山派仍動見觀瞻，影響力不容小覷，雖說近年來雖有些人才凋零，青黃不接。劉從恩那老邁身軀漸已退居二線，盧龍府無可否認，現已桑椹娘為軸心，釋出枯樹腹是另有圖謀，無奈汴京林靈素不願上勾，而西冷八家以虎北口童鐵耕與十干宅李錦繡為首，還那翠門真貢道人…，為大漠增添無謂的變數。那十四年後齊王耶律圭峰卻仍活躍在這舞台之上。」仍為石洞內的回應，轉而說：「明日之星何飛騎！過於拘泥小節，難成氣候。三堂的浮沉決定在齊王，簡單且明白，不在話下。松風閣為藏污納詬的地方，朱子羽，我們古陽洞是唯恐避之不及。這樣看來，高粱河的花逢春是不會再回到綠白山莊。」

紫白說：「耶律圭峰為汴京之事？」

「與汴京本身的氛圍有關，汴京無意與西樓城交惡，說穿了就是無意北伐，而我們女真只能自實其力，等候良機。而這時我想到的是走往燕山的黃州浪人，耶律圭峰處處提防著我們古陽洞，他深知道三堂不是對手，只能處裏瑣碎事，以備不時之需。」

紫黑說：「反過來說，契丹也無力南下！」

「傳言中兵書黃石公三略是在司徒林靈素的手上。林靈素同也擔心，前門拒虎，後門迎狼。」

「亦恐懼我們女真。」紫黑說。

「是可以這樣說。」

「宴無好宴。」紫藍再話歸主題說。

仍是鐵鐐移動的身聲響，同時說：「只是不知耶律圭峰讓我出世，就他而言，不知是否正確？」越來越遠，人已經離開。

書桌邊寫字的葉霜飛原全神貫注著，心旁鶩著。花見羞牽著厲歸真進來，緩慢並行，邊說：「剛睡醒，吵著要走走！」

「想得到寧靜，這是最簡單的方式。二姐不寫？」

「爹的硯台。」花見羞瞧著那桌上的煙松墨，並抱起厲歸真看著，遂直接讓他坐在桌邊，又說：「林靈素所贈。」

「誰知道一紙盟約，宋遼間又能維持多久？」

「董卿真的事就留給嶗山派自己。入了山莊才歸我管，……不過事情恐沒自己想的這麼簡單。」

「指的是……。」葉霜飛仍在寫字，一心兩用。

「綠白山莊築不了高牆。」

「身不由己，人在江湖，老爺的難處。得失之間……。」

「爹從不談得失……。」厲歸真咿咿呀呀要拿葉霜飛手上的筆，花見羞同時又說：「登門造訪，想拜師學藝的總不能只讓張媽送上一杯茶水，就這樣打發人家。」

「妳回來之後才有。」

花見羞另拿硯台上的隻筆給厲歸真，並回說：「就像董卿真，那絕不會是最後一人。事發當時，恰好是我離開厲家⋯。童少保近日內會上山莊，他與厲家的關係很好。」而厲歸真任性的只要葉雙飛手上的。

「或也不是為雲天內家！」同時葉雙飛將手上的筆交在厲歸真手上，又說：「從老爺，綠白山莊，花家十七路⋯，乃至於契丹與大宋。」

「而藩籬又能築多高？」花見羞說。

「董卿真為對付桑椹娘不會就此罷手，隨時會調轉馬頭再回到山莊。倆人早殺紅了眼，至死方休。」

「當然與劉從恩無關。」

「要讓大哥回來，妳二姐必須自己寫封信。」葉雙飛同時教厲歸真執筆，伸手搭在厲歸真的手上。

「我回來山莊之後才有拜師學藝之人。」花見羞依著那葉霜飛剛剛的說法。

「不識殷觀路，願為花見羞。」葉霜飛的目光並未落在花見羞。

個人的名聲己在綠白山莊之上！花見羞只轉而說：「那厲家，他爹之前送來的青碎花布，我讓張媽找了出來，可以做兩件衣裙沒問題。妳也做一件，妳穿會比我好看。」對葉霜飛關心之情溢於言表。

帳幕後的侍女離床，以衣物遮擋著赤裸身軀，快步離開的同時目光略過那的朱子羽。

衣衫不整的范同柏跟著起身，說著：「是什麼時候？」或宿醉未醒。邊上的洗臉水已經備好。「洗臉。」朱子羽在這邊落坐的同時說，另還幫忙倒出了一碗茶水。

范同柏見到茶水，直接仰首一口飲盡後，說：「是該喝些水。」

「給你一份差事。」見范同柏伸手拿起肉表餅，咬下一半，橫眼瞧著他，邊嚼著。朱子羽又說：「喝茶。」再又斟上茶水。

童鐵耕與黃州浪人說：「……雖我們有各自不同的立場，卻也無損我們的情誼。」

趙若新說：「讓少保過來這，是我等招呼不周。」

「一人過來燕山？」一弟兄問。

剛酒足飯飽，轉過廳下喝茶。來訪的童鐵耕只說：「連鳳鳴說：『我是天不怕！地不怕！』，『那才真叫人害怕。』，嶗山派居然使個這等不明究理的貨色出來，雖說取回韜情劍即可為掌門的職位。」

「各門派是都在談論此事。」陶師明拿起茶碗喝著。

「三個和尚沒水喝，連鳳鳴有意走往十王宅，為董卿真不請自來之事致意。何飛騎之上起碼還有四、五名師叔公，論輩份、倫理也該如此。剛剛說什麼？我與鄭靖情同父子，不、不、不，那是在翠門時的江湖戲言，我童鐵耕乃一介莽夫，承受不起。」童鐵耕才將話說完。

「為了鄭靖開罪蕭羌。」

「沒有你童少保就沒有今日的嶗山劍派。」

陳年往事，童鐵耕沒再理會其餘的說法。

「少保。」陶師明與他說：「一直都有對你不利的耳語……。」

童鐵耕話都沒聽完，便說：「胡工有跟著過來燕山。」

「是聽過參鐵手。」趙若新說。

「有個年青人同行會是件好事，或他也不是這樣喜歡鋒芒太露，這點我能了解他。」童鐵耕又才回應說：「情同父子也罷，肝膽相照也好，若走向撕裂那會是另種心境，反過來說，或許這才是我們真正所期待的，且不必好生奇怪，不是嗎？」

趙若新說：「鄭靖總是搖擺不定。」

「應說他總是想翻雲覆雨。先背叛的是盧龍劉從恩，後是汴京林靈素，通知齊王，別讓他高興的太早。」童鐵耕說。

「信不得！」陶師明插口說。

童鐵耕冷笑後又轉而說：「董美人入了十王宅卻說：『十王宅是之前的小菜一碟。』，與鄭靖相同的是，他們總是在玩撕裂的遊戲，為此興奮不已。嶗山派……。」

另名弟兄問：「怎麼看枯樹賦與花見羞？」

「始作俑者為桑椹夫人。遲暮美人最後還是身陷其中……。」

「遲暮美人？」

「哦！」險些透露出雲天內家的內容，童鐵耕轉而說：「為維繫廬龍府的命脈，當然需要玉匣這門功夫；是該上綠白山莊，見見弟妹花見羞。」

陶師明說：「花見羞容貌如何？」

「每個人碰到我都問我花見羞的容貌為何？連司徒林靈素都這樣問。」童鐵耕只這樣說。

「諸法皆空。」

避暑山莊內，耶律圭峰招見燕山三堂首座。杜之弼重申剛所說：『有關童鐵耕握手蔚繚子兵法一事，真貢道人在我等臨走前是有這樣說明。』

斐開成轉說：「在法門寺樓牌外張貼告示是為保護秋葵指的殷觀路？還是認為枯樹賦在綠白山莊？」目光轉掠杜之弼。

「勝美先生之後轉往松風樓。」也得到消息的耶律圭峰先自顧，並冷笑說：「哼！台下的人不過就是想看戲，刀光劍影、血流成河，反正事不關己。外傳我齊王想斬草除根，逼出不空和尚。」

「不空和尚為何首肯？」杜之弼說。

卻是王行天說：「這隻地鼠應是肥滋滋。」

裴開成亦回說：「說是在洞內習畫，當然是沒這樣簡單。十五年後來看，花四喜是解救了不空。」

目光落在桌前的冬景燕山圖軸，是為不空和尚所繪，日前才由四白尊奴之一的紫藍送來五國城外。

「有歐陽詢的影子。」耶律圭峰評的是不空和尚的書法，後才抬頭。

杜之弼問耶律圭峰，說：「怎麼評鄭靖？」

而耶律圭峰想的是花見羞，只說：「西樓城以外就是綠白山莊，不空和尚同樣看出這點，沒想到的是花見羞卻又回來，雖說是一個女流之輩，而葉霜飛在她或殷觀路的鋒芒之下，是顯的黯然失色。」

裴開成說：「董美人沒能戰勝？」

「習得花四喜真傳的原是花戒，花見羞的姐姐」

「花逢春似乎沒再上燕山。」王行天說。

一直想問那飛霞道與黃州浪人間，苦無機會的杜之弼還是只能說：「而嶗山派在自亂陣腳……。內外均在撕扯之中，那對齊王契丹的立場。」

耶律圭峰自顧說：「『爹常說：我不是這樣教你們的。』花見羞這樣回答我，枯樹賦是否在綠白山莊之事。」

王行天說：「若不在綠白山莊又在哪？欲玉匣這門功夫若落在花見羞的手上，那綠白山莊在大漠的地位恐無人能撼動的了。」

耶律圭峰並沒回應，心思多在五國城外的古陽洞。斐開成接下說：「而我倒是支持花見羞的說法。」

「意亂情迷！」對斐開成回應的王行天並沒玩笑之意。

杜之弼與耶律圭峰說：「傳言不空有意讓紫黃冥婚？」

收起冬景燕山圖軸的耶律圭峰說：「沒人見過花戒的屍首，綠白花四喜自此大門深鎖⋯。」

桑椹夫人接下侍女遞上的茶，親身為劉從恩奉上，說：「欲知十五年後的泰至神掌只有一個辦法。」回身再又坐下。

「項莊舞劍就意思。」

「老爺要說的是悻悻然離開的董卿真？」

「耶律圭峰一時五刻還奈何不了蘆龍府，說是兩方相敬如賓、不如說名爭暗也鬥，或都投鼠忌器亦怕鷸蚌相爭。在董卿真上了綠白山莊後，耶律圭峰決定讓不空和尚離開那洞穴，互有因果關係。」

「耶律圭峰與董卿真過從甚密，不知道的人不多。」桑椹夫人並沒刻意明白那劉從恩的回應，又說：「只能因勢利導。」

「這麼說就太好聽了。那是頭河東獅子。」

「董卿真是不會善罷干休！……老爺之前甚少提到她。」

劉從恩故意回問：「誰？」人轉斜靠在椅背上。

「老爺，……既然不想說。」敞廳外，傳入點點花草香，陣陣清風。桑椹娘起身站在劉從恩之後，又說：「〝雲天內家〞在綠白山莊。」邊以手指按摩左從恩的肩頸的大穴。

「老了！」劉從恩說。

「王行天雖為鼠輩，但還是有一定的用處。大漠風雲詭譎……。」

「但看不空和尚離開，離不開五國城，女真與契丹族的的雙邊關係如何？……知道不空和尚所謂的俗家姓嗎？」

桑椹娘夫人還是問著自己較關心之事，說：「真的有雲天內家長生不老之術？」

「妳更擔心落在董掌門之手。」

「沒這事。」當是否認的桑椹夫人那雙手並沒停下。

「戲洪鴻堂王鶴說是死地離奇，但既是西冷八家也可以找出一、兩個人有這種雪花蓋頂本事。只是不知花見羞自己怎麼看待此事？」

「還沒聽說。雲天內家記載於枯樹賦之內，我也是在王鶴死後才知，而董卿真還比較早知道。」

「楊姑娘。」劉從恩偶有這樣稱謂著桑椹夫人。

桑椹夫人總是點頭回應，說：「嗯。」

「”方生方死，方死方生“為前兩句。」劉從恩睡上午覺前，又說。「耶律圭峰轉手就將王行天取自墓穴，安祿山的金釦送上綠白山莊，不是嗎？」

「金鈕扣刻印著小篆的大燕兩字。」桑椹夫人低聲說。並又再前將劉從恩蓋上薄毯，是將人照顧的無微不至，且處處用心。

刻意將目光避開，胡工並不欣賞那朱子羽，卻見人落馬在茶坊外，留下隨從，或應不該太過意外才是，原正準備走往鎮外，在童鐵耕上燕山前先與其會面。直到人走入站在前頭，且自行坐下的同時問。

「一個人？」

「這樣看起來是。」胡工還故意左右瞧著。

朱子羽不想讓場面變的難看，說：「真為連鳳鳴！難以置信。」找個話題切入。

「蕭羌前輩還算是個角色。」

「是呀！是呀！；在松風閣見過，不是嗎？」

「難以想像的是，你在私塾教過書，為人師表…，或曾為人師表。」

「都是兄弟們肝膽相照。」

胡工才正式看上朱子羽一眼說：「你知我在說什麼不是嗎？何飛騎還是你的生

徒？讓他懸崖勒馬是你。」後直接回絕上前的店家。

而的桌前只擺著一碗茶。

「這燕山只有三樣東西，一、風沙，二、寸草，三、…鮮血。」朱子羽的回應。

「前輩為何知道我在這？」

同見董美人背著韜情劍，獨自騎馬走往木森鎮，後頭的黃州浪人亦隨即跟上。此處燕山下緣白山莊並不遠，瓚水支流的碼頭邊上。朱子羽的目光原跟上，又再回到胡工這，自顧說：「為玉匣？」

「那何飛騎又如何在江湖立足？還手握的嶗山派。」

「對他而言留在嶗山，不出手相爭的決定更是困難。」

胡工再強調著，說：「為何想知道我在哪？」不解的是那朱子羽那渙散的眼神。

「說起來全是嶗山的家務。」

「整個大漠論長袖善舞，政通人和你松風閣朱子羽是第一人。…若沒什麼要事。」

胡工起身準備走人。

「勝美先生想約你，不知參鐵手…。」答非所問朱子羽才直接說。

「翠門與我無涉。」

「應說想酬謝你。」

「只是不願見到嶗山派的前輩受傷，並非真貢道人。」

「就在松風閣。」

「或……。」胡工走人前又說：「還是前輩你該走往綠白山莊。」是直接離開。

「不、不、不，……你又是誰？。」李錦繡起身離座，不讓其餘嶗山派弟子發言，身過連鳳鳴時，又說：「韜情劍離開嶗山後，就不是嶗山派的家務事。消息傳來，董卿真並未離開燕山，仍在綠白山莊附近。」目光在院外。

「不是走往法門寺？」

「法門寺樓牌外貼出”擅入者死“，耶律圭峰的告示。」

「並非想打擾十王宅。」

知道是連鳳鳴的說法。李錦繡才轉身回應，說：「嶗山派應傾巢而出，以取回刀韜情劍為首要，而非派個你這個副執法，像是單打獨鬥，還幾個涉世未深、名不見經傳的黃毛孩童。是玩假的還是真的？」

「這幾位是嶗山青壯派，且我是閉門會議後唯一的人選。」連鳳鳴同時以手示意列座的師弟妹說。

「不，妳誤解我的意思。」

仍由連鳳鳴回應，說：「且我等都將全力以赴，視死如歸。」

「都在問。你們跟本沒能阻止董卿真將刀韜情劍攜出嶗山，要角何飛騎、劍陣商法強等人卻又不願正面迎戰，外人看的是一頭霧水。嶗山派這百年老店該不會真被其它的門派所取代，淹沒在這大漠的風沙之中。」

「百年後香火依然頂盛。」嘴上不饒人的連鳳鳴又說：「無論嶗山派內意見紛云，我等都會堅持到底，不改其志。」

「所謂孤掌難鳴應就這意思。或比較像是幾個大人在謙讓一個主位，相互推辭之間，一孩童走了過去，直接不明究理的一屁股坐下，雙腳還夠不到地。」李錦繡轉又問：「你了解董卿真多少？」

「不外乎就是盧龍府與綠白山莊，私人恩怨早蒙蔽了她的理性，已無可救要藥。」

「了解嶗山派多少？」

「在嶗山我已五十年，且終身會是嶗山派。」

「那了解妳自己多少？」

「我這人直率、坦白。」

在坐的沒人能插上嘴。

「獅林白千里在盤算什麼？」「北院文平又在打麼主意。」連鳳鳴仍都無法回應，就是一臉愣人。「妳是一點勝算都沒有，董卿真並不將妳視之為對手。即然無法阻止董卿真攜劍下山，又如何能取回韜情劍，嶗山派會不會太過兒戲？也不用前來致意。」

李錦繡最後才說。

正打算找家驛站歇息，打尖，四名騎馬的少年剛過璜水，搭船而至。眼前就一間不起眼、昏暗破敗的舊食堂，其中一人決定說：「就這。」

「白鹿崖在這？」目光就在前面的燕山。

「全數敗興而歸，連禮都沒收。只能碰上張媽老管家。」

「千里迢迢。」

同時分別下馬，轉而抬頭瞧上，是那鬱鬱蒼蒼，為雲霧盤繞的燕山一隅。矮簷前還呆坐著一位瞎眼的老者，店內並無其餘人，僅有一名不知在忙什麼的小二。

「順流而上可以抵達戲鴻堂與玉煙堂。」

「穿越整個燕山。」

「只為一睹盧山真面。」

「不少人物都到齊。」

落日餘暉照著四人入內的背影，初來乍到是全都不明白。「連個店名都沒有。」

「風滿樓！」瞎眼老者主動說著。

「那有什麼綠白山莊招收生員的告示?…以訛傳訛。」

第七章　鏡花水月

即快步上前，一手抓著那人。鍾流見坐騎驚恐倒退…，麋鹿群原在旁正準備離去。先仔細察看，馬鞍上是有一口痰，即質問著說：「是不是你吐的！」

那人似原完全不解，一臉突兀…，才回過神來。都來的突然，或也不算是，原被壓制在地的那人，兔脫後，反手過來亦與鍾流過招，後頭的黃州浪人跟上，邊上另有人趨前，兩方同時衝突起來，刀棍齊出，情況難測，混亂。鍾流與其它兄弟前往墳水、木森鎮的路上，是椿流血事件…。

「印象都有些模糊。…迎親的時候我跟著厲家一起過來，還記得嗎？」

歸真走在前頭緩慢的跨過門檻，後跟上的才是花見羞。原童鐵耕與葉霜飛在廳下交談…。

「少保大哥。」花見羞上前說。

「弟妹。」

花見羞示意與起身的童鐵耕說：「坐，別客氣。剛給歸真換套衣褲，洗臉…。」

「長的真快！」童鐵耕指的當事厲歸真。

葉霜飛說：「還剛學說話。」

兩人同時坐下。「留下來吃飯，山莊難得有客人來：己讓張媽準備。」花見羞在先讓歸真坐在她的身旁後。

「一直想上來，只是不知該與不該？」童鐵耕說。

「少保大哥對我們母子一直是疼愛有加。」花見羞轉而又說：「…山下熱鬧嗎？」熱鬧？是注意用辭詞的童鐵耕回說：「傳言嶗山董美人日前己敗在妳花見羞的手上。」

「韜情劍並未出鞘，花家十七路亦沒能取得上風。」

「這就是你弟妹與人不同的地方。外頭總是捕風捉影…，但，前輩花四喜生前總是掛念、安排著你們四姐弟。」童鐵耕欲語還休。

葉霜飛問童鐵耕，說：「有大哥逢春的消息嗎？」

「知道他在過街塔附近，只是不知是在河的北方？還是南邊？半年前走汴京有順到繞過，仍還是無法瞧見人影。」

而葉霜飛的餘光都在注意著那花見羞的表情，試圖了她倆姐兄妹間的關係。童鐵耕又說：「仍迷戀著象棋，總跟著街前那些市井無賴、醉漢、底層的人物為伍！找他不難。」

「先去街上找市井無賴。」花見羞的解讀。

至此童鐵耕不願回應，兄妹間外人當是不便插嘴。葉霜飛接下與童鐵耕、問說：「”西樓派“將與古陽洞在五國城南會面？」

「西樓派？」童鐵耕莞爾笑，又說：「漠北第一大派？可惜的是嶗山派內鬥不止，最後當又是峰迴路轉，急轉直下抽換毫無勝算的連鳳鳴的耳語不斷。」

花見羞說：「不就是這幾天的事？」

「弟妹仍就關心不是嗎？相信妳們還都了解枯樹賦出土的說法，剛好妳帶著歸真回往山莊，這不利的傳聞…。」童鐵耕的話都還沒說完。

「為何說”不利“？」花見羞先回應。

童鐵耕說：「這是有人從中移花接木，斷章取義不是嗎？」

自行離座的歸真轉走過去，依賴在葉霜飛的身上。花見羞卻回說：「林無靜樹，川無停留。」

「你爹，…花四喜，是也曾這麼說。」童鐵耕回說。

花見羞回說：「你少保大哥也送了爹最後一程。」

童鐵耕說：「回到山莊後好嗎？……是有些震驚！」

知道童鐵耕指的是花見羞離開厲府之事。而花見羞仍面無表情，眼神淡然處之。葉霜飛心想，震驚？……震驚的恐不只這些。

「寒鴨道士抵達，到了高粱河……，應在會與花逢春見上面。」

「還是北走？」

領著三堂在坐，魚頭宴的桌邊為四人，三白尊奴則在碉樓外候著。不空和尚回應耶律圭峰，又說：「……為枯樹賦。」

「並非如此。」

「前輩花四喜是為極為謹慎之人。」

耶律圭峰注意著不空和尚說話時臉部的每一根線條。斐開成與不空和尚回說：「不空到底是空，還不空？……來用菜。」

王行天卻接下說：「不空就是不空。」

換由杜之弼與不空和尚說：「你那腳鐐是與花四喜的應諾，為上綠白山莊一決雌雄？剛你進來時所見……。」並舉杯邀約。

「為對自我的應諾，其實我花前輩無關。」不空和尚說。

「賭注會不會大？」杜之弼話都還沒能說完。。

天多喝幾杯的王行天，與不空和尚說：…「那要如何行事？燕山冬景圖。」

「做畫那干何事？」不空和尚說。

斐開成跟上說：「大夥都是兄弟，你我亦熟識二十餘年，…有吧！」

不空和尚說：「兄弟，弟兄分兩種，一種須償還，另一種無須償還，而你早秀堂斐開成又是哪種？」

語意至此。耶律圭峰轉斐開成說：「你們不是另有要事要趕還回燕山？」目光亦落在王行天與杜之弼身上。

「沒有。」

而事實上是要三堂直接走人。不解其意的王行天又說：「該不會連早秀堂的幾罈酒你不空都不敢收？還是你要談的是偽善？這時我想到松風閣的朱子羽…。花四喜不是死了？又做給誰看。」

換由杜之弼自顧自的不知在說些什麼，而耶律圭峰仍是冷酷表情，不願多言回應。斐開成這才反應過來，說：「我等暫先告退。」目光轉落在王、杜倆人。

同只起身能告辭。

再行回座不空和尚是送上幾步。原腳鐐聲清處的跟著來回走動，仍再靜默了起來，如同窗外那一輪皎潔之明月，廳內現只剩他倆，轉坐茶几旁的耶律圭峰才說：「此人為書法名家！會有蛇蛻的遺留，練成之後。」並自行斟茶。

「齊王知道枯樹賦在綠白山莊，還是有意將枯樹賦留在綠白山莊？」

「應說枯樹賦若在綠白山莊，對我而言並非太壞的事。」

「綠白山莊只有花見羞。」

耶律圭峰喝下一口茶後，才又說：「還四把潘古劍，你沒忘吧！說是置於屋樑之上，作鎮煞、避邪之用。」

「防微杜漸，未雨綢繆。這時我想到的是將落雁弓置於法門寺的殷觀路。」

「殷觀路應說得名於我爺爺遼太祖耶律德光，他曾說：『要取回燕雲十六州拿殷觀路來換。』。或不願背上屠戮的罪名。」

「和氏璧。嬴政秦始皇願以十座城池與趙國交換。」

「其實人他跟本沒見過。」

不空和尚說：「花見羞比殷觀路更有膽色。」

「為何這樣說？」未見回應的耶律圭峰又與不空和尚說：「…完顏老弟。」

燕山下的這條水路稱璜水，平靜出奇，橫向慵懶，似在笑看人間百樣。後頭的船家低頭搖槳，竹筏繼續逆水而上。牽著坐騎站在前頭的董卿真仍就在其左右，不願離開，心想著齊王之言”指實掌虛“，是另還懷疑以秋葵指名震江湖，那法門寺的殷觀路，但卻不願與齊王的關係生變…。

碼頭上零星行人往來，商旅穿梭之間。四、五人似在馬背上等著她，揹劍的劍客，但董卿真並不認識，竹筏緩緩靠近的同時，直接牽馬上岸。

才見到一位小個頭的女人，即我行我素，也不明究理。說在嶗山有人不識連鳳鳴那就十分牽強。停下腳步，兩方對峙的同時，董卿真即挑明先說。

「妳準備好了嗎？掌門大位。」

「從沒想過掌門大位。」

這回應讓董卿真有些難以招架，回說：「真讓人一頭霧水。」

「為嶗山派我義不容辭。」連鳳鳴回說。

「何飛騎都沒又勝算，派妳這連鳳鳴出來，是在羞辱誰？」

連鳳鳴轉與旁邊的嶗山派弟子說：「你們是來奪劍的，還是來看戲的！」

這才反應過來，後頭的嶗山劍客亮出劍刃，圍攬而去。董卿真輕易以單手的應上幾式，隨意便化解四、五人的攻勢，大氣都沒喘上，轉與在旁，並沒出手的連鳳鳴說：「買賣算妳便宜些，若你連鳳鳴能讓我出右手，韜情劍便讓妳帶回嶗山就是。」

嶗山弟子完全幫不上忙，就是個陪襯的角色。董卿真還是小心異異的接下連鳳鳴幾招，同時冷冷的諷刺，又說：「這招是什麼？⋯⋯斯人獨憔悴。」是占盡上風。

晨晰穿過山嶺，落灑在後院的庫房。亦勾起了花見羞不同的回憶，點點滴滴，而綠白山莊橫匾就被擱置在那，上頭滿是髒灰，乏人問津，亦棄之如蔽屣。另知道葉霜飛入內，即說：「像是一陣狂風暴雨，十分吵雜。」

花見羞首次提到，或還影射她的姻緣路程。花四喜的辭逝，離開山莊，嫁入厲家，再與兒子厲歸真回到山莊。用的是”狂風暴雨“四字，吵雜指的是亂哄哄，應接不暇，或應也沒有人會主動提及。她並沒接應，較像是陪在身旁，聽花見羞又，說：「花燦走了？」

「一早急忙。仍。」

葉霜飛補足那”仍“字，或非強調。

「與其說突如其來，還不如說…自然而然。」花見羞回應的是童少保的”震驚“說。轉身離開庫房，經過葉霜飛身邊時，又說：「陪我走走！」

前往後山白鹿崖方向，說是不想回應，不如說，葉霜飛將話留給花見羞。走一好一段路，才又聽她開口說：「後來我才體認，人與人有份情緣的，何時開始，又在那天消散，沒有人會知道。父女、兄妹、夫妻、你我，都是萍水相逢，或”萍水相逢“這字眼較為無情而自私，以我來講這是個當下的形容，另一種說法，我花見羞即不想說另人難堪的話，更不想太過肉麻生趣。拿歸真來說，他有他的路要走，更無需用他來填補你的遺憾。或妳這年紀一直是想了解男女之情，最想開口問的是妳，但妳從沒開口。萬流歸宗，最後還是人性，無可避免的情與慾，即是身在法門寺的殷觀路都相同，不信？我們就等著看她還能稱多久？與伐楚古的花債還沒處理不是嗎？殷觀路自認為她已經與伐楚古無涉，這說法太過一廂情願，相信這妳比我還清處，三百年，三千年後帳都還掛著。」

〞花債〝？葉霜飛仍沒接應，倆人繼續並行中，花見羞繼續說：「『不知伐楚古會不會恨我？』這是殷觀路走往高麗回來前講的最後四個字，之後便沒再離開法門寺。她該不會不知，伐處古仍在淩煙閣底下，一說是伐楚古故意敗陣下來，即然妳殷觀路心意已決，去意甚堅。是我，我也只能這麼做，就只是睜睜的看所有事發生……而妳什麼也不能做。年青的妳或不認為如此，但這非什麼金科玉律，堅若磐石的說法，今天就算是妳葉霜飛姑妄聽之，而自己的事又該怎麼說？深淺之間如何能恰如其份？我甚至懷疑妳期待的是他的淩虐，渴望的是他對妳的傷害，周而復始，反反覆覆，無所依恃 ，還是打算逃之夭夭？即是行將就木，分隔千里，仍不停的彼此淩遲，沒有清晨早晚之別。是妳自己上了八大轎，也是你自己扛了八大轎來，對外跟本無所說分由。相知、相戀就是鏡花水月…或應說，上天給一個人最好的禮物就是夫妻關係。」

鏡花水月？最後都停步在白鹿崖邊上，讓清晨的涼風吹著，那頭可見一彎靜靜璜水隻流，似沒在流動。花見羞轉而，繼續說：「外頭總是繪聲繪影、言之鑿鑿。」

指的是？葉霜飛不解，也同沒開口問，目光落在那連天的寸草，再又跟著再往那下頭連棟的木屋而行。

下。

「胡工。」童鐵耕是在等著參鐵手到訪。

胡工趨前拱手，說：「少保大哥！錦繡頭頭，各位弟兄。」

廳間內還有十王宅等人。童鐵耕說：「來璜水多久？就等你，坐。」並再同時坐

「見過吧。」見胡工點頭回應，李錦繡即與其餘弟兄說：「你們先退下。」

待人無關人等離開後。胡工再行坐下後，又說：「原與少保大哥約在木森鎮外⋯⋯。

這燕山南麓，綠白山莊下是群據了不少江湖好漢，還後生晚輩。」

「湊熱鬧的為數不少。」李錦鏽轉與童鐵耕問說：「綠白山莊是否收門徒，有聽

花見羞說嗎？」

「沒談到這。」

「多為玉匣而來。」

「江山代有才人出，舊門派的武學多屬言過其實。」換童鐵耕問著李錦繡，說：

「那連鳳鳴也在璜水？」

「等著北院文平的說法，連鳳鳴是會被抽樑換柱。」

「就是殺雞取卵。文平以逸待勞、也尾大不掉。」

李錦鏞說：「沒有文平的稱腰，南院何飛騎難以取回韜情劍。」

「為取回韜情劍，攜牲整個嶗山派。若何飛騎戰敗，嶗山派將由文平接掌。」

童鐵耕目光轉落在胡工那說：「文平如日中天！」

「不空和尚本姓完顏，少年時遠走西域學習泰至神掌，耶律圭峰被腳鐐給欺騙，說清處些魚頭晏齊王不該讓不空和尚離開。」李錦鏞再話歸前頭說。。

「…如藏身法門寺的殷觀路、飄忽不定的寒鴉、高粱河的花逢春，西樓城蕭氏等等…，古陽洞只是一個其中的環節，暗處的變數無所不在。」童鐵耕說。

胡工說：「譚鍔？」

「對，就是人稱寒鴉道士的譚鍔。」童鐵耕回應。

李錦繡已轉而起身，與胡工那說：「相信你倆亦有話要說，我與兄弟們另在側廳等著。」目光最後落在童鐵耕即自行離去。

「慢走！李大哥。」

廳下只剩他倆，胡工直接與童鐵耕，又說：「外面有些消息是有關少保大哥，…。」

童鐵耕說：「關於翠門？」

胡工或不想插手此事，只願以友人立場提醒著。而范同柏卻直直入了廳內，獨自一人，並說：「李大哥呢？；我已跟文平那北院的人說清處，董卿真入燕山就是我們西冷八家之事。」

事情恐非同小可，翠門已箭在弦上，而最後這幾句胡工並沒機會說出，或也相信童鐵耕大哥早接獲消息。而童鐵耕回應范同柏說：「講什麼？清處點。」

「讓連鳳鳴回來。」

「誰出馬？」

「陣前換將？」

「誰又想過連鳳鳴的感受。」

「以左手與連鳳鳴過招，掌門在凌遲嶗山派。…嶗山派輸不起！」

在列的其中之一當有何飛騎，還那獅林商法強，或都在等北院文平最後的說法。嶗山派內關門商議，大鳴大放，另有些”擁鳳派“的說法，但早已大勢已去，時不我予。

「換誰出馬？」

仍就是個關鍵問題。不願在等的，不能在等的何飛騎這才挺身而出，走至大堂之中說：「換由我出馬，若各位師兄弟支持。」

第八章　同而不雜

「何飛齊這幾日就會離開嶗山派轉往這拜會花見羞，以董卿真擅闖綠白山之名，致意，而連鳳鳴卻像個傻子遭人戲弄。」

「跟本不值一提。」田黃石話都還沒說完，即遭李錦繡打斷。

「沒想到花見羞有如此之媚力，似天之嬌女，各方如潮水般湧來。」范同柏。

田黃石即問上：「你該不會又在想什麼？」

「馬鞍上的口水……。」

與陶少師都接獲鐘流等傷人事件，但鍾流人並不在廂房之內。在同時抵達木森鎮之前。趙若新又問：「對方是什麼人？」

「索倫。」

「鍾流發什麼瘋！」有弟兄並不諒解。

「人傷的如何？」仍為趙若新問。

「不輕，還在臥榻之上。隔日便讓人走往了解，過程、詳情仍要問鍾流。」一兄弟繼續說著。

趙若新轉與陶少師說：「北壁紫黑與索倫他們熟稔，雖沒有結拜之義。」

「等人回來再說。」陶少師回說。

「應是主動拜訪北壁。」見陶少師沒回應。趙若新重申，說：「不宜讓紫黑到訪。」

「讓鍾流回黃州，……那是個麻煩人物。」有兄弟提議。

亦有弟兄問：「紫黑會挺身而出？現眾說紛云。」

趙若新不願回應。陶少師卻仍說：「……有無說明我們是黃州浪人！」

「若紫黑出面處理此事，那就會是繁露廳，古陽洞與我們黃州浪人的三方關係。」

換言之齊王那會怎麼說？若事態擴大。剛好就鍾流那幾個人⋯⋯。」其餘弟兄說。

「喝酒？」趙若新問，並沒得到回應的同時。

一兄弟帶著另一人入內。那人站前說：「古陽洞紫黑手書一封。」同時由袍袖內取出。

陶少師回說：「收下。」

趙若新若有所思，覺的此事如粥內的老鼠屎。陶少師收下同時即拆開了解，並回應說：「請回覆紫黑弟兄，我會親身赴約。」

「謝謝！」來人自行離去。

半晌後，陶少師才說：「約魚路，飛霞道外。」

「那怎麼會是索倫？」趙若新說。

「什麼是索倫？」一兄弟問說。

陶少師說：「鄂溫克，以麋鹿為生的遊牧民族。」

還一名弟兄說：「南麋鹿、金爺、紫黑，西麋鹿、式微的十三翼等。據悉齊王有意讓我們入主飛霞道⋯，這說法是可信的。」

齊王是怎樣反應這事？談什麼？還是話應反過來說，紫黑又怎樣打算？底限是什麼？趙若新至此已不願多說，此事考驗的是大哥陶少師與鍾流間的關係底限。

「完顏？」涼蓬內的董卿真問著。

日落西山，璜水倒映著前行的木船。而耶律圭峰先接下外頭遞上的油燈，回身過來時，回說：「那是不空和尚的俗家姓氏。」

「老弟。」

「那和尚雖比我年長。後才入了西域白水城。」

「飛霞道是燕山往南，直通汴京的唯一官道。」目光在外，那遠處的燕山山頂，同時一行雁鴨南飛，董卿真轉問說：「你與花見羞提過這事？」

坐回原位的耶律圭峰只是說：「敗在花見羞手上？」油燈的光影落在倆人之間。

「花家不只十七路！」

「何飛騎確定出馬，現只等著北院的高手。卻不敢將妳逐出嶗山……。」

「北院沒有高手，就是臭老道。」

「直率而愚蠢。」

知道耶律圭峰說的是連鳳鳴。董卿真問說：「會與文平見面嗎？」

「北院對契丹一向是較為有善。」耶律圭峰轉，又問：「〝兩川〞的事安排妥當了？」

「兩小鬼天資聰穎…，但嶗山派一向以南院為主。」

「考慮將他們轉送綠白山莊，恐怕嶗山派的人才不夠出眾。黃川今年也九歲。」

「文平挾持了北院。」

木船繼續順流而下，緩行走往白鹿崖。「拐子。」耶律圭峰當指的是文平，後自顧又說：「花四喜同而不雜！」

「聽說黃州浪人打傷索倫人的事嗎？」

「鍾流的行為像個小孩。用黃州浪人最怕就是節外生枝，但還是發生了。」董卿真問：「為何不殺不空和尚？女真一向都相當強悍。」目光落在耶律圭峰。

「綠白山莊才是要角。」

「為美色所迷惑。」

「桑椹娘的心思不只於此。」

「該去會會他。」

他？她？耶律圭峰不解董卿真說法，亦不想提及其餘之事，自顧說：「不懂妳為何總是身著那道袍。」目光轉在那後頭的髮髻，直接伸手而過，抽出髮簪，整個秀髮似水順流而下，光影下的董卿仍露出那一絲羞赧，如同少女般。

轉眼間歸真已變成一個小男孩，就是成天嘻鬧、玩耍，張媽在後頭追著跑。都廳外，花見羞離開遊廊陰涼處，刻意曬著秋陽並與葉霜飛，閒話一句，說：「是變很冷，說不定這幾日就下雪。」

「昨天不是吵著要去見他爹？」

「遺憾是人生的一部份。」

此時年青的葉霜飛是無法體會，倆人的目光仍在厲歸真。花見羞知其所以的，又說：「⋯每個人的路不同。」

「所以妳並沒讓他習劍。」

「人生有轉折，看似風平浪靜。」

「如殷觀路遠嫁高麗王五把刀。」葉霜飛說。

「同殷觀路離開高麗王。」

「殷觀路失去了寵愛。」

花見羞並沒冉繼續這話題，只說：「妳並不懂我的語意。」

「似乎姐一直想說明什麼？」葉霜飛繼續引用花見羞的說法，又說：「紅顏禍水還是與男人有關，再清處說，與女人無關，女人仍只是個配角。」

「是不願揠苗助長，我。」

話鋒或在厲歸真。葉霜飛回說：「伐楚古在等著殷觀路離開法門寺。」

「我跟花戒的感情好還是不好？」花見羞在自問著。

「與花逢春兄妹的感情是比較好。」

「現在不好嗎？」花見羞似在回問，又說：「妳會碰到妳中意的男人，同時碰上兩個妳，且手到擒來。」

葉霜飛問：「那怎麼辦？」

那頭的厲歸真叫了聲：「娘。」同見一隻雪貂竄出亦同時消失。

「妳還是不懂我的語意。」花見羞卻喃喃一句，又說：「怎麼話峰會到這？像個做夢的小女孩。」

倆都沒再說上什麼，或瞧著那天上的飄雲，再來為地上的落葉。葉霜飛知道花見羞並不打算繼續此話題，轉說：「開放白鹿崖！」

剛花見羞的話己說出，不願重覆回應。葉霜飛轉又問：「兩川的事，如何回覆齊王？」

「跟文平有什麼好談的？」

風滿樓的驛站內，方桌邊為西冷八家童鐵耕、李錦繡、田黃石、四家都在，還就是范同柏，他又說：「不、不、不，除非是董卿真親自到十王宅致歉，擺個十桌、八桌什麼的。」

「不看僧面看佛面。」田黃石的回應。

「同柏說的並沒錯。」

田黃石的目光轉落在說話的童鐵耕身上。李錦繡說：「倒是沒聽說齊王說上什麼？」

「江湖事齊王什麼也說不上來。」田黃石說。

李錦繡與童鐵耕說：「就委由你與文平商議。」

「如果各位不嫌棄，那我童少保就義不容辭。」童鐵耕說。

田黃石說：「或許拐子就是虛晃一招，借西冷八家殺董卿真。無論如何事情應速速了結。」

「若在這璜水上碰見那就翻臉，不認帳。」大話范同柏說著。

不願多加理會范同柏，年紀最長的田黃石說著：「不空赴了齊王的魚頭宴，卻仍沒卸下腳鐐。」

仍有些雜家，不知名的門派在這落馬，進進出出，外頭有一尚未完成的酒醉紛亂石刻壁雕，且年久失修。童鐵耕轉說：「在此之前另有要事，需先轉回虎北口，但會先手書一封上嶗山，這趟出來太久了！」

「何飛齊這幾日就會離開嶗山派轉往這拜會花見羞，以董卿真擅闖綠白山之名，致意，而連鳳鳴卻像個傻子遭人戲弄。」

「跟本不值一提。」田黃石話都還沒說完，即遭李錦繡打斷。

「沒想到花見羞有如此之媚力，似天之嬌女，各方如潮水般湧來。」范同柏。

田黃石即問上：「你該不會又在想什麼？」

「只是隨口說說。」范同柏的回應。

「何飛騎取回韜情劍的勝率並不高，董卿真在所不惜，楊柳煙稱不住之後的盧龍府，後勢看好古陽洞，四白尊奴。」

「誰勝誰負都還在未定之天，言之過早！」范同柏對童鐵耕的說法仍有意見。「最後還是要見真章。」田黃石轉說：「對參鐵手的出身倒是很有興趣，雖他多次，但卻清描淡寫，極其低調說是關內人氏。」

「是自己人就讓他保留些。」童鐵耕說。

田黃石說：「黃州浪人對上北壁的紫黑，陶明師若選站在鐘流，自己兄弟這方，那就前途堪慮，或賠上所有。」

童鐵耕最後說：「真是”風滿樓“，山雨欲來！」

「宴席已經備妥，還請老爺與諸位大人離座。」

入內的總管在示意下退出門檻之外，冠蓋雲集的廬龍府，賓客始終絡繹不絕。生性嚴謹的劉從恩卻相當隨興，落坐大位而兩腿卻不停的抖動，桑椹夫人已在那候著，是已暫告一段落，即先陪同一塊離開，好讓劉從恩稍事休息。而劉從恩似仍興致未減，喃喃的說：「鄂溫克族，連廬龍府都不想惹。」

「老爺，天氣冷了！」

「沒那麼老。」

這時桑椹夫人就接不下話，繼續挽著劉從恩的手走往書樓。劉從恩又說：「黃州浪人是把利刃，耶律圭峰最後還恐是會傷到自己，在他面對大漠的各方勢力。五國城外，魚頭宴，不是耶律圭峰不殺不空，而是不願與女真兩敗俱傷。當時的不空和尚血氣方剛，汲汲名利。；童鐵耕離開翠門後轉走汴京，為太子少保，對，還那陸伍，飛霞古道的陸伍，人稱大漠之鷹，身後卻無人憑弔、聞問，這幾段故事鮮為人記得。」

「這樣我是想起些。」

「說的沒錯，是花四喜救了不空和尚。」

桑椹夫人順水推州，提及說：「老爺即既然這麼想說，我倒是想問問花見羞。」

「她姐姐花戒並沒死，還沒出嫁前，…聽說瘋了！只是沒人再見過花戒。蛇步這人才是少見的武學奇才，喜歡與兄弟們在一起，當然就是整日與酒為伍，但卻並非妳所看到的表像那樣。花見羞自幼其實並非這樣受到矚目。」

雪落在簷外，倆人並排走著。劉從恩話峰一轉的又說：「冬景燕山圖，不空年青時就能寫出一手好字，耶律圭峰也不是不知。也可能會不空和尚是取走枯樹賦，或還是…妳？」

「老爺，別開這玩笑！怎麼越來越不像你？」

都沒再說話，而劉從恩卻覺的好玩極了！直到入了書樓，桑椹夫人才說：「坐，老爺。」

「別再弄蔘茶，桌上這半碗就可。」知道桑椹娘要交代侍女，坐下的劉從恩搖手後，自顧又說：「聽說那璜水邊風滿樓的食堂嗎？上頭就是白鹿崖，以銀杏林為界，全都是綠白山莊的後山，前院，正廳才是走木森鎮。花見羞後腳才踏入，便使武林各方、江湖門派的注目，引領風騷⋯⋯。」

「為枯樹賦的原故。」

「不足為奇。」

「還是老爺想談董卿真？」

「是妳想聽吧！楊姑娘。」劉從恩又，說：「冥婚，人沒死怎麼冥？⋯⋯那就太不像她自己，也稱不久！」或以不知所云。

桑椹娘的目光在那劉從恩滿臉的皺紋或還有些異味，說：「老爺你並沒回答我的說法。」見劉從恩要伸手拿蔘茶，隨即接手遞上，侍奉劉從恩之事桑椹夫人從不假手於人。

「原為花戒主掌綠白山莊，她娘還不承認生了花見羞，又黑、還醜⋯⋯，小時候的花見羞，爺、我見過⋯⋯。」劉從恩在先喝的半碗冷蔘茶，又後說：「安祿山，大燕皇帝。；隨生隨滅⋯⋯。」已有些不知所云。

「”拐子“漁翁得利⋯⋯。」

話才說一半。王行天即問：「確定由何飛騎出馬尋回韜情劍？」

居中的杜之弼回應問話王行天說：「怎麼還在問這事？」

「"⋯拐子"文平實力不可小覷，但仍以獅林白千里馬首是瞻。」裴開成這才，將話講完。

離開戲鴻堂並不算久，天空中斷續飄落細雪。三人騎馬同時進入銀杏林，緩行走往綠白山莊。只攜帶一隻獵犬的杜之弼說：「文平是著活棋沒錯，嶗山派這次傾巢而出。」且縱犬在前。

「連鳳鳴不會就此罷手。」王行天又說：「齊王不需要嶗山派的支持，而嶗山派卻需要齊王的援手。」

裴開成回說：「話快別這樣說。三堂一派，齊王如虎添翼。」

「那就太小看大漠。」王行天說。

「就如同前面這花見羞，若玉匣落在她手上，快馬穿越這銀杏林不過兩個時辰。」裴開成回說。

「弄半天王鶴真不識貨。」裴開成回說。

杜之弼說：「這也其中一條路。」且轉頭叫著獵犬。

同樣為落葉成堆的小徑。

裴開成才又說「若玉匣真在綠白山莊，那大漠即歸花見羞所有。」王行天說。

「齊王不是去過？豈能空手而回。」杜之弼說。

縱馬走前的裴開成說：「還些無名小輩，夜探綠白山莊。花見羞卻不厭其煩？」

王行天說：「難到你倆不想？」

杜之弼轉與王行天說：「殷浩近來勤上你的賭坊。」同在坐騎上「贏了不少！」王行天說。

「他是我妹婿你知道吧。」杜之弼強調說。

王行天沒再接應。冷風如刀的持續由樹林與三人間中穿過，換斐開成說：「魚頭宴後，一直關注著不空和尚。再說到奇異的是嶗山派，該說董卿真愚蠢至極呢？還是聰明絕頂。」斐開成又說：「拐子也相同，不過就是吃定了何飛騎的投鼠忌器。」

「每人都看懂。」王行天說。

「齊王就較為灑脫。」斐開成又轉問說：「聽說那童鐵耕之事嗎？身處危險怎會不自知。」

王行天只說：「嶗山派演的是哪齣？沒人看的懂」

眼前是綠白山莊的石刻界碑，杜之弼心思仍在那殷浩與王行天三邊的可能生變的關係。三人同時立馬在前，斐開成說：「順了姑意，逆嫂意；再往前走即是白鹿崖。」

葉霜飛說：「所以妳將綠白山莊的橫匾卸下！」

張媽才將厲歸真帶離開，偌大的廳間就仍只有倆人，分坐圓桌兩旁。花見羞依著董卿真的講法，回應說：「踏出厲家的那一刻妳就已經不是了。」

「何時決定？」

「並沒決定。」

葉霜飛不解其意，說：「這扇門一旦打開就關不起來。……」目光再離開那招生生員，開放白鹿崖的公示上。

花見羞放回手上的信簽，於整疊慕名或拜師的信件上後，說：「本於亂世中求生的子民，跟本沒有桃花源，又何須孤芳自賞或自欺欺人！」

「與雲天內家有關。」葉霜飛問。

倆人首次私下談到這事。

「一騎紅塵妃子笑，無人知是荔枝來。」

葉霜飛知道指的是文平讓人送荔枝上來之事，但沒先問。花見羞只又說：「快馬專程送荔枝北上，整個長安城都知道是為楊貴妃而來。」

「姐不想知道花落誰家？」是不打算換個話題。

「打破沙鍋，那會不會太無趣了？或許妳想問的是，『齊王的說法妳信嗎？』，我的回應是『當然相信！』。一得與一失，妳說我又能怎樣？」花見羞最後將頭低下，若有所思。

…葉霜飛等上一會才回說：「並不急著知道。」

「說妳不懂事，也不會。」花見羞起身離座，目光還在葉霜飛，又說：「年青的妳或許急著想知道些事，對於未知總是好奇，相信這作姐姐的，路慢慢走，別一次把自己玩跨掛了！最後碰上人總是老氣橫秋，樣子像無所不知。」

「那文平送荔枝上來之事⋯。」這才問著。

「喜不喜歡妳得要品嚐，不是嗎？⋯『最痛恨別人跟我說綠白山莊全靠妳！』什麼之類的話，我只想跳過這張桌子，一劍刺穿他的喉頭。」

或少見那花見羞生氣會忿忿不平的表情，而葉霜飛卻笑了！後才說：「真希望能學妳。」

「每人的命不同、運不同、路當然也不一樣。」

「何時要將公告貼出？」

最後花見羞只這樣說：「最後你只會剩下兩個字⋯"無趣"。」目光透窗而出，落在燕山的某處，那已遭白雪所覆蓋。

前領著南北兩院高手祭祀祖師爺蕭羌，長橫桌前覆蓋著大紅布，上頭為陳列三牲祭品。何飛騎在將手上清香插入香壇後，轉身即與大夥，說：「此行下山是為取回韜情劍，若無功而反，有負各為師兄弟所託，我定退出，讓北院住持的位置。話多說無益，事不宜遲，多謝鼎力相助，銘記在心，我們即刻出發。」

「出發！」

一呼百應，眾人齊聲中，而卻沒決定是否出手？盤算嶗山內外糾結利害關係的文平站右手邊，那次耀眼的位置，左邊當是那拋磚引玉、完成大我的連鳳鳴。同時都翻身上了坐騎，一行人浩浩蕩蕩，前後快馬離開嶗山，亦掀起了漫天的風沙。

第九章　含沙射影

不疑有他的童鐵耕立馬在前說：「同柏，怎麼在這？這麼巧！」另五名大漢卻沒照面過。

「你走錯路了！少保。」

「回虎北口當就是這條，較快。」

同時間五名大漢放馬站在倆側。還蒙在鼓裏的童鐵耕又說：「增援一些弟兄？」

中間為大哥陶明師，兩旁坐有趙若新與鍾流。長木桌這邊只有紫黑，獨自赴約的他接下說：「與那口水並無關，論斷的並非這部份。」

「痰是他們吐的。」鍾流仍強硬說。

紫黑目光移向陶明師等著他的說法，但沒得到回應，這才起身準備離開，然後重申說：「鍾流必須回到在高粱河以南！」

至此紫黑的話已帶到。

在即人消失在門檻外，一外頭的兄弟跟上送行。趙若新仍不願開口，聽著陶明師說道：「話不是紫黑說了算。」

趙若新與鍾流說：「還是你先回驛站？」

待陶明師示意後，下不了台的鍾流才肯起身，離開前還忿怒的將木椅用腳，以泰山壓頂之勢，將其弄的粉碎，四分五裂。見那陶少師面無血色的表情，趙若新這才說：「還是你該將人放走？像帶個小孩出門，為打傷索倫，自己兄弟們都開始分裂。」

此時廳間只剩下二人。

陶明師只說：「…沒人比我還了解鍾流。」

「還是能讓人坐在這已經是值得高興？那匹座騎就像是他的新婚妻子一樣，弄的兄弟們的往來、關係異常緊張，鍾流卻完全不自覺。」

「鍾流當是黃州浪人的重要份子。」

「談的不是這個，如那座騎或一口水…。說的是黃州浪人間本身的關係，且就先不了解外圍。面對鍾流大家兄弟都只冷眼以對，視若無睹，這並非好事……還好並無他人在場。」趙若新指的是那已支離破碎的木椅。

「只有我壓的住鍾流。」

「那為何要領他出門……。」

陶明師說：「是兄弟就要以性命相陪；紫黑是有備而來。」

「是否與有無報上黃州浪人的名號無關，談的是魯莽行事……。」

「若是有，就是衝著我陶明師而來！」

這話已經聽了太多。但趙若新這麼說：「支離破碎那就不只是這張木椅。就是個小孩，完全不知人事，若不是看大哥的面子，多少年來都忍著。不過鍾流對大哥倒是敬重有餘，內對外都稱您為陶總霸子！」

「蕩山之爭，是鍾流將我救出。」

「圍還是不圍？」仍未見陶明師正面回應。趙若新又回說：「紫黑放自己一條生路，也是給黃州浪人。」

並沒瞧見葉霜飛，花見羞入了側廳。張媽見人便叫聲，說：「小姐。」

「娘。」在桌前寫字的厲歸真說。

花見羞先轉與張媽說：「妳去忙吧！」

「那小少爺的廂房⋯⋯。」

「再說。」

「是，小姐。」張媽離開前，又說：「師父過幾天會把那做好的衣衫送上來，或會有要修改的地方。」

「哦。」花見羞這才想起那青碎花布。人同時轉過桌前瞧著歸真寫的字，後說：「進步很快。」

「霜飛姐姐教的。」

桌旁還有葉飛臨摹王羲之的日月如馳字帖。「她的字比娘的還好；你小舅明天會回來。」花見羞拿起硯台邊上的另隻筆，邊寫下“燦”這字，並教厲歸真讀。而厲歸真轉先寫上”戒“這字。花見羞又說：「霜飛還真教你不少。」

「山莊所有人的名字我都會寫，先是娘，後是爺爺⋯⋯。還爹是叫什麼名字？」花見羞直接寫下一字。

「什麼意思？」只見她娘並再沒回應，厲歸真只轉又問著：「娘，可不可以帶我出去走走？」

「為何？」

「山莊總是冷冷清清。」

「想去哪？」

已放下筆的厲歸真問：「幽州在哪？」

當是去找爹。「要騎馬，等你再長大點。」
「娘要陪我，我要娘一起去。」
「那娘不去呢？」花見羞故意問。
「……那我就留在山上陪娘。」猶豫一會的厲歸真，還是說：「可不可以說說爹的事，問霜飛姐姐，她總是不答。」
正不知如何開口的花見羞，見葉霜飛入內，並邊說：「不空和尚要來給老爺拈香。」還手持信函。
花見羞只說：「總是要去幽州。」
葉霜飛當也是不知怎樣回應，也只是轉而說：「那兩川小兄弟，齊王之託……。」目光才轉向厲歸真說：「幽州，妳娘不帶你去，姐姐帶妳。」
「娘可以嗎？」厲歸真問著。
「有霜飛姐姐陪當然可以。」花見羞首肯。
「那一言為定。」
亦伸出小指頭勾勾手後，葉霜飛轉問花見羞，說：「還要教他掌法嗎？多是在發愣。」
「為何要學寫字？說要寫信給他爹。」說的當是還是厲歸真。花見羞轉又見那桌上的日月如馳帖，轉問：「是好看……。」，作娘的是也該帶他走上這麼一趟。」
何時？而葉霜飛並沒這樣問。

途經幽州，已時候不早。嶗山派十數人依約在驛站前落馬，何飛騎問：「離燕山還多久？」

「四、五天耍。風雪難測。」

「軍心大振，一掃陰霾。」

知道指的是之前連鳳鳴的插曲。繼續往內走的何飛騎，邊只說：「自幼就在嶗山派，她對嶗山有相當的貢獻。」

「厲家就再是過兩條街，但風華不再⋯。」

何飛騎說：「是曾拜訪過。」

「看看明日的風雪，說不定還要等上。」

已留有兩空桌，另在店家的引領下入座。何飛騎取下頭上的暖帽，擱在桌旁時，並說：「共存共榮，董道長並非嶗山派仇人。」

「更為冷清，厲府。」

「不過就這幾年。」

「說的是花見羞離開厲府之後。還傳言有女僕人穿紅衣，在月圓夜，於九龍照壁旁的樹頭上吊，鬼影幢幢⋯。」

「有這事？」

何飛騎沒回應師兄弟間的說法，手握著剛上來的熱茶，先溫熱著自己的雙手，目光轉在那放下竹簾的店小二。用以區隔之間，或免閒雜人等。外頭的往來、進出人影始變的模糊。

「燒鵝，這間有名。」

「那好，兄弟這麼多，正夠味。」

「宜良。」何飛騎與他說：「等會用完飯，你走往厲府一趟。」

「天還沒黑之前，…汪師弟。」一師兄強先說著。

何飛騎並沒再交待什麼，知道汪宜良自有分寸。店家同時上了剛出爐，熱騰騰的饅頭，大伙伸手取食，暫且先吃著。

「董卿真不知離開璜水沒？日前沒離開鴨腳鎮或風滿樓。」

「跟著枯樹賦走。」

「拿"玉匣"對付桑椹娘，盧龍府。之前以韜情劍護身…。上嶗山只為私人恩怨，報一箭之仇。」

「並非無可耐何，文平故意放走…。」

「他才不願自己有任何損傷。」

這類話何飛騎之前聽的太多，之後仍會習以為常，現階段當會是以取回韜情劍為要務，就事論事。

一師弟問何飛騎說：「只能三人上綠白山莊？」

「或是倆人。」何飛騎回說。

「那不是沒法再瞧見花見羞？」

「你也沒見過好不好！」

「見花見羞下三十二人大轎，頭頂著鳳冠霞披入了厲家，真的！」

哈！哈！哈！師弟們亦不在拘泥於那無謂的細節，暫且放下嶗山恩怨。另上了整盤切片的燒鵝，還特調沾醬，氣氛整個熱絡起來。且都知道何飛騎潔身自愛，滴酒不沾，就是以茶代酒。

「若真是三十二人大轎，就算你見過。」

「來。」

放下茶碗的何飛騎也示意，說：「師兄弟，一起來。」

之後入座的杜之弼說：「文平仍想與齊王你會面。」

「…紫黑。」耶律圭峰的心思在與黃州浪人的衝突之上。

「拐子這局有贏沒輸。何飛騎為他的馬前卒，即是輸了仍無人可以撼動他在北院的地位。」

「不空和亦將上綠白山莊，之前他會自行解下腳鐐。」耶律圭峰起身走上兩步，轉站在廳堂的中央，才說：「讓我先過來這是…。」

玉煙堂內暫且只有倆人。

「消息指出有人在雄民，薊州見過朱七劫。」杜之弼直說。

「雄民不是個鳥不生蛋的地方。」

「詳情已派人下去了解；何飛騎已在前往燕山這的路上，上綠白山莊前才會再與文平會合，還那嶗山女道長⋯。」

「現嶗山派已不稱董卿真為掌門。說起來嶗山派外頭沒有仇家，而仇家全是嶗山派自己人。」耶律圭峰的目光正式落定杜之弼，又說：「外圍全在下注，若何飛騎能取回韜情劍為一賠三。」

「不瞞齊王，就是三堂在收注。」杜之弼承認說。

「賭何飛齊，一罈女兒紅。」

「收。」

「本想讓人不再騷擾綠白山莊，如同那法門寺外的公告般，回頭想想沒這必要。飛霞道現在有誰？」

「很亂。說是〝走肉〞〝丁重霸對外⋯，天、地、玄、黄、宇、宙、洪、荒、各個大小不同的支派等。」一弟兄同時入內，杜之弼暫轉與那頭直接說：「說。」

「十王宅李錦繡到。」

「請。」

「不過就是借刀殺人。」耶律圭峰原說的是童少保與鄭靖間的私人恩怨，轉而交待，又說：「幫我約胡工。」

「就會交待下去。」杜之弼當是沒多問。。

耶律圭峰的目光轉在歐陽詢的字體上，那牆上的卜商貼。李錦繡已步入廳內，原趨前應之的杜之弼說：「錦繡兄不吝賜教。…坐。」回身同時並讓人上茶。

李錦繡與耶律圭峰說：「齊王。」抱拳以禮。

耶律圭峰轉身後，微微的點頭回應。杜之弼又與倆人示意，並說：「坐。」

「不麻煩。」耶律圭峰目光轉在李錦繡那。

李錦繡亦沒坐下的直接說：「信上已說明整個來龍去脈，且就不談董卿真強入十王宅之事，那飛霞道決不能落入黃州浪人之手。…還西泠八家決不含沙射影。」

「又是誰說的？」耶律圭峰說。

「朱子羽宴請北院高手，文平最後來，且先走。」

桑椹娘坐鎮廬龍府大堂，除旁邊的一名侍女外。在前的探子又說：「在與齊王於瑱水邊度上一晚，董卿真是走往這來，西泠八家自會跟上；回絕勝美老妹的到訪恐不妥。」

「話不是你能說的。」

「綠白山莊一如往昔，安靜度日。陶明師沒打算讓鍾流回黃州，將會對上四白尊奴之一的紫黑。」

「索倫稱紫黑為”水貓“。」

「枯樹賦依然沒有下文。」

「不是花見羞那又是誰？」

「綠白山莊毫無著力點，三個女人，一個小男孩。。；需通知何飛騎那董卿真的動向嗎？」

「再這樣畏首畏尾連我桑椹娘都會看不起自己。」探子似乎不解，桑椹娘才又清處的說：「該來的就讓他來。」

「韜情劍劍氣逼人。還那蕩山已有兩刀客投宿在戲鴻堂附近的驛站，亦就是也來到燕山，真實的目地為何不得而知？」

「蕩山不會只有倆人出門，神出鬼沒，亦急如林，徐如風。只是分批並投宿不同的驛站，另在指定的日期、地點會合，單線連繫，兩邊都只有一個頭。這殺人越貨的買賣多的是有人要做，但似乎撈過界了！」

「未曾來到燕山。」

「何時的消息？」桑椹夫人還是問上。

「剛接到飛鴿傳書。」

「不會笨到不知輕重。」桑椹娘自顧，又說：「文平送荔枝上綠白山莊，或將花見羞當成楊貴妃不成？我倒是很想知道花見羞如何處置？齊王對董卿真仍不能忘情，臨別秋波之際還來個一夜溫存。」

「那盧龍府與齊王的關係……。」

「等著看耶律圭峰如何保護這朵昨日黃花，面對盧龍府，不外乎就是推出午門候斬。對他而言比較嚴肅的仍是與不空和尚的白鹿崖的死亡之約，……不是什麼手起刀落，一翻兩瞪眼的江湖事。」

「汴京林靈素……。」

桑椹夫人多面無表情，眼神持重，話說起來鏗鏘有力，或而思索……。旦探子又轉說：「文平與朱子羽沆瀣一氣，利用外圍的勢力，在暗室內互通有無。」

「他倆一直都是如此，默契十足。……不過文平是嶗山派的事務，那這燙手山芋就留給何飛騎。」桑椹夫人起身離座，在臨去前又說：「剛你說那花見羞的前夫婿是何時辭逝的？」

「約兩天前，何飛騎恰恰途經幽州。」

後頭只跟著一名參隨，剛在回往虎北口的路上。大雪紛飛的山徑，除枯林上偶見的穿梭飛鳥，卻見范同柏領著五名弟兄迎面而來，不疑有他的童鐵耕立馬在前說：「同柏，怎麼在這？這麼巧！」另五名大漢卻沒照面過。

「你走錯路了！少保。」

「回虎北口當就是這條，較快。」

同時間五名大漢放馬站在倆側。還蒙在鼓裏的童鐵耕又說：「增援一些弟兄？」

「也是，這走比較快。」

只見五大漢走馬盤旋、交錯，劍尖冷冽如風，跟著細雪而至。來者何人？詫異中的童鐵耕先以虛招應對，畢竟是虎北口第一把交椅，豈又是省油之燈，橫掌一推，足以力拔山兮，氣蓋世。而卻護保不了參隨，人已早倒臥在自己的血泊之中。直至擺出〝鐵鎖橫江〞之勢…，五大漢，五把劍亦如軟繩牽頭牛。

「蕩山？」落馬的童鐵耕這才恍然大悟，視出來歷。

暫時隔岸觀火，並沒出手的范同柏說：「這些人是來幫你童少保送行的。」

童鐵耕此時已落居下風，施展不開，且蒼茫四下、無人可施以援手。

胡工才剛起身告辭，走馬赴齊王之約。

田黃石是接獲董卿真離開璜水，這由於人單勢孤，自知仍無法抗橫那掏情劍，其餘西冷八家，決定暫且留在風滿樓，邊等著十王宅李錦繡、還那當是桂蘭碼頭的范同柏。

「齊王約胡工？」

「耶律圭峰不識胡工。…參鐵手已小有名氣。」

「少了他恐難以對付韜情劍。」

已決定全員追殺董卿真，但現就只先枯坐等候。就見李錦繡等兄弟回來，一並快馬落在外頭，田黃石讓人起身，先空出幾個座位，另斟茶背著，落坐的李錦繡說：「那道姑在哪？」茶同時至於桌前。

「前腳才走；齊王否認與董卿真的關係？」田黃石的回應。

「去是給齊王面子。怎麼回覆並不重要，十王宅有自己的路要走。願意去的等會就跟上。」李錦繡。

「這全都要去。」後頭的弟兄出聲。

李錦繡說：「那好。」目光略過周遭的十餘人，後轉問：「范同柏走哪？」

「說是今會上綠白山莊。」

「花見羞是不會見他。」一弟兄說。

另一弟兄說：「那到是真的！不就是多此一舉。」

「這風雪陰陽怪氣，沒能抓個準。」李錦繡轉而又說：「你們先走。趁著幾日的豔陽天。」

「好！」

弟兄們全數起身，刀劍上手。在同時走馬離開風滿樓後，之前一句話都沒接的田黃石，這才說：「懷疑范同柏不在木森鎮。」

「為何這樣說？」

並沒見人回應。李錦繡將熱茶喝乾後，又說：「跟本見不到花見羞，回來吹吹噓見到花見羞。法門寺沒得吹！」再替自己倒著，起身繼續說：「童少保走幾天？」已再將手中的茶水喝下。

倆人正準備跟上董卿真，田黃石亦尚未步出。

一快馬同時落定前頭，來人其急匆匆的說明童少保遭伏擊事情，在回往虎北冂的路上的寸草陂⋯，後又補上一句，說：「被人落套。」

「鄭靖？」李錦繡冷靜的說。

兩名少年離開山莊的內背影，亦見張媽關門上閂，在人回身過來後，上前的葉霜飛即問：「誰？」

「自稱什麼柳絮風。」

「沒聽過。」

外頭卻是一陣快馬蹄，並落定在外之聲，又聽到環釦撞擊，敲門輕聲響。葉霜飛又說：「我去。不麻煩您！張媽。」

張媽先轉身走人。

葉霜飛拉開邊門的一扇。是名信差，在遞上一封信函時說：「妳是花見羞？」

「不是。」

「幽州，厲府。」

「多謝。」

收下信函的葉霜飛只將側門虛掩。滿腹的狐疑的她心想？這時又所謂何事？邊回頭走，心中多是不祥的預感。雖信函並沒密封，上頭亦沒署名，只置於空白，而她也不打算私下了解。厲府不曾來過任何的訊息或隻字片語，而花見羞話說都全為兒子厲歸真，厲府如同私人禁地，並不常言。

走遊廊躲飄雪，直直穿堂而過。

花見羞是在清掃、整理她父親的牌位，每日傍晚、清晨的例行公事，且不假借他人之手。之前亦見到剛亦轉到這的媽牽著歸真的手離去，歸真遠遠的叫她：『葉姐姐。』。步入廳間的葉霜飛只先呆站在那，她這才開口說：「不乏江湖一些舊門派。」

「人情義理，不外乎是。」

「在妳還沒回到山莊前並不是這樣子。」

「與爹多少都有些交情。關於兩川兄弟送來山莊，我意思也是要給歸真作伴……，熱鬧些好。齊王原意就是希望繁露廳、嶗山與我們有個聯結，一種相互往來的管道。是想帶或該讓歸真出去走走，等晚些時候……，但我一直猶豫不決，該讓他回到厲府，見孩子的爹嗎？若真要去，當然是由我這做娘的出馬……。」花見羞仍自顧忙著，目光並沒落向她。

此時的葉霜飛說：「還是你先坐下？……剛信差有來。」

「怎麼？」花見羞是已接下那遞上，眼前的信函。而是葉霜飛自行坐下，目光先沒落定那看著內容的花見羞，而是花四喜牌位前的裊裊清煙…，風中柳絮？如柳絮風中。只見花見羞眼神游移了兩下，淡定的說：「厲家只剩歸真這男丁！」

領路的參隨已自行退下。露繁廳外的胡工趨前拱手說：「齊王。」

「劉從恩現已不見客。」耶律圭峰才轉身，卻直接又說：「…沒再見過人離開書樓。」目光落在胡工。

第十章　風華再現

只見那露出的犀利雙眼，應也知道此人為董卿真。是董卿真沒錯，見她取下包頭圍巾。或沒想到的是…人，人不僅沒有離開，卻還轉調馬回頭，正面迎敵。

董卿真緩緩趨前，並說：「在韜情劍尚未出鞘前誰都可以離開，…或還是有人怕冷？」目光橫掃過每一人。

前後推測，目光在大廳正上方的何飛騎，問著葉霜飛說：「這記得有個綠白山莊四字的橫匾⋯。」目光原落在橫樑上。

「齊王上山莊也問。」

「大門那迎客松依然孤獨昂揚、俊逸挺拔。」

葉霜飛只說：「不見嶗山孤鳥，連鳳鳴？」目光原在那旁邊的文平。

「鎮守嶗山。」

「斯人獨憔悴，貴掌門董美人的說法；傳言齊王賭你能取回韜情劍，接下嶗山派掌門，但賭盤卻是開董卿真贏，還是一賠三。」

葉霜飛暫行先接待何飛騎與文平。三人剛轉回到廳內，照常例先去給老莊主花四喜上香。

「謝謝齊王的賞識。」

「你只說了一半。」葉霜飛再回應何飛騎。

「這就是全部。」

「還有一賠五。」葉霜飛的目光轉向旁邊三角眼的老道士，說：「文平大哥，那你賭誰？」

「當然是我們何師弟。嶗山派這次可是精銳盡出，且布下天羅地網。」

「我也賭一罈女兒紅，不過是董美人倒是真的。」葉霜飛起身離座，又轉而問：

「玩笑歸玩笑，來的路上聽說童少保之事嗎？姐是有問到這事。」

何飛騎不願多言，只說：「人死於寸草溝前。來的路上都在想，多數江湖豪客都在問：『綠白山莊何時能風華再現？』。」

「現在不好嗎？這是姐的說法。」，姐是有意將兩川小兄弟接來山莊，但為尊重，還是要詢問她本人；剛提及過來時有經過幽州？」

「庭院深深……，剛抵幽州仍還不知花見羞夫婿過逝的不幸消息，之前先讓師弟汪宜良走訪，我再親身回頭致意，同時再遣人快馬送來信函。」

葉霜飛不語。何飛騎又說：「……是該通知家屬。」

「不，不是這意思。」葉霜飛又說：「只是想到姐姐……，姐姐不會見怪董卿真上山莊之事，此事不必太在意。綠白山莊與嶗山派仍是兄弟之交，存在朋友之義。」

「多謝葉姑娘。」

葉霜飛轉問著文平：「是否聽說童少保死於寸草溝之事？」

「也是來到燕山下才得知。」文平的回應。

「就如同見羞姐姐說：『誰請的動蕩山兄弟？』」。葉霜飛說。

而文平也只是話鋒一轉，說：「是太久沒上來。上次來亦沒與葉小妹見上一面。」

又才真的笑著。

「一騎紅塵妃子笑，南方的荔枝？」葉霜飛說。

「嶺南。」

文平回應的同時都見花見羞入廳。倆分別起身，文平亦拱手說：「花莊主。」

「坐。」花見羞先與何飛騎說：「謝謝你的信函，情與義。」

「舉手之勞。」何飛騎亦言簡意賅。

花見羞暫不願再繼續那厲家的話題，先轉而說：「看來妳們都已熟悉。」目光在三人。

「嶺南的荔枝。」葉霜飛與花見羞說。

文平與花見羞說：「花莊主是越來越年青。」

或並無意提及那雲天內家之事。才坐下的花見羞回應說：「這豆腐你都要吃！」

「與翠門誓不兩立！鄭老頭，翠門……。」

昏黑的驛站內，全為西冷八家。泰半都喝著暖酒，或而無所事事的再下一杯。外頭呼呼作響的風雪同亦讓他們進退兩難，左右皆非，小二原招呼並掌燈後即刻離開。另還有後頭跟上的范同柏，但人站在最不起眼的邊上，中央的方桌只有李錦鏞與田黃石對坐。

「找不到勝美大妹。」

「殺童少保並非易事，傳言蕩山弟兄已離開燕山。」

「傳言可信。」

「蕩山只失手過一次，之前有人出價追殺黃州浪人陶明師：童少保的安葬事宜等虎北口的弟兄來到再做近步定奪。」

「西冷八家的顏面何在？」

「勝美大妹在寸草溝？不是欲訪劉從恩。」

「胡工何時跟上？不是早離開繁露廳。」

沒人可回應，現所傳回來的消息仍片斷不足。「該往前還是回頭？」

「兇手不可能全身而退，這裏面另有人拿到好處！」

「那童少保與嶗山文平之約該換由誰？」

「拐子一向用銀錢疏通，說這也沒什麼好見外。」

「董卿真取韜情劍不外乎就是除掉世仇桑樵娘與取得枯樹賦，就在廬龍府與綠白山莊遊走，不會太遠。」

目地仍是主動出擊，西冷追殺董卿真，童少保之死為節外生枝。

還提及三堂與松風閣朱子羽的可能角色。范同柏只是聽著，當不做任何回應。李錦繡同時自顧的與田黃石說：「你怎麼說，黃石老弟？」倆似在私下談著。

「現在不該妄加揣測。」

「這倒是真的。」

「童少保走訪古陽洞就已經越界了，並不是挾怨報復這麼簡單的事，若非如此童少保仍在大漠橫行無阻；宋與女真間的使者，這是不被允許的，極其危險⋯⋯。」

田黃石才轉與那范同柏，又說：「范老弟，你走寸草溝，先幫忙料理童少保的後事。」范同柏簡單的點頭回應。

「童少保並掉以輕心⋯，或就是仍相信彼此與鄭靖還有兩分薄面。」先與田黃石說的李錦繡，又說：「既然全都跟上來，那屋內的老弟兄就是同舟共濟。」目光又在店內的大夥。

「論面子裏子，西冷八家當初起炤也有我不是嗎？就等風雪一停⋯。」田黃石話沒說完。

頂著外頭的大風雪，推門進來為一背劍女人，所有人目光都已跟上。只見那露出的犀利雙眼，應也知道此人為董卿真。是董卿真沒錯，見她取下包頭圍巾。或沒想到的是⋯人，人不僅沒有離開，卻還轉調馬回頭，正面迎敵。

董卿真緩緩趨前，並說：「在韜情劍尚未出鞘前誰都可以離開，⋯或還是有人怕冷？」目光橫掃過每一人。

見朱子羽目光透窗而出，直往綠白山莊，落在燕山的某處。王行天即說：「“玉匣”若真落在那花見羞手上，那花見羞就會是大漠首雄。」

「那是銀吝林？」整片黃紅的山間。

「若你是飛鳥，直行就是綠白山莊。。」

「聽說了？」

「當然。」

現當指的事是厲家一門十四寡。朱子羽才轉身，又說：「銀各林就有兩個山頭；端看花見羞是否能忍辱負重？」

「你不像說這話的人。」

「這話林靈素說的很早。聽到童少保轉達時花見羞已嫁入了厲家。」

「我說嘛！」

同走翠門之前，兩方相約在戲鴻堂。而朱子羽並不想提及童鐵耕之死，轉說：「齊王”卻“約見了參鐵手？」

「卻？」王行天抓著了朱子羽的用字遣詞。

「直得懷疑。」

「董卿真回頭追殺西冷八家。」仍是那詭異的笑臉等在那。

「風流千里，男女無別。」

王行天才說：「西冷八家生不逢時。」

「西冷八家原意就是要瓜分”御犬“你們三堂在燕山的勢力，你該不會真以為董卿真毫無分寸，……最後讓你們三堂繼續坐大。」

「為何忽然同意走翠門？」

「不就是你戲鴻堂第二次的邀約，再不來就卻之不恭了，不是嗎？」

「嶗山派也是焦頭爛額，自顧不暇；齊王或擔心嶗山派真落在文平手上，那心術不正的拐子是會影想兩川小兄弟，所以……。」

朱子羽只淡然的轉而說：「劉從恩聽說已經許久沒露面，江湖傳言人已經壽終正寢，等著就是桑椹娘的對外宣佈，在將蘆龍府內部的事宜都安排妥當之後。」

王行天說：「有這等事？」

「在這多事之秋……，王鶴橫躺在這，你王行天後一步齊王。在廳外就已交手，且並非什麼泰至神掌……。」朱子羽話歸從前說。

一弟兄入內回稟說：「馬備好了。」

「請。」

朱子羽單槍匹馬來到，亦不願做無謂的爭執。倆人一併離開大堂時，王行天問說：「怎麼看童少保之死？」

深知那王行天的偽善，在旁的朱子羽，邊走才，說：「說童少保自己不明白，也不是。」

「還是你朱老兄知道什麼？」無論朱子羽怎麼回應，王行天都會這樣說。

「其實汴京林靈素屬意的第一人選是花逢春。…這中間力另牽扯的還是與妹妹花見羞之間的問題，即然退出綠白山莊就應乾淨俐落。」

外頭的石雕禮佛圖早為白雪所覆蓋，天上是已暫歇飄著那空中細雨，還挾著那微弱的冬陽。古陽洞，北壁的下的廳堂為四白尊奴的三師兄弟，紫黑又說：「由鄭靖的角色來看，是童少保背叛了他。兄弟的情義有兩種，師父說的沒錯：『那你是哪一種？』。」

「勢必只能正面應對契丹，繁露廳。」

「要知道汴京是否為真的縮頭龜只有一個辦法。…不知花見羞是否為考慮的人選之一？」紫黑回應對座的紫藍。

紫白說：「師父原明天就要出發走燕山，現恐怕還是再耽擱一陣子。」

「再上燕山又已是十五年後，辜負狂名…。」紫藍說。

「先會去看大師兄紫黃。」

聽紫黑這樣說，倆人都沒回應。後紫白轉說：「鄭靖已是滿手血腥，對自家人下手絕不手軟。」

「不惜引入外力，關內的蕩山與燕山完全無關。」紫藍話才說完。

「若劉從恩已死，那桑椹娘將一手握有盧龍府。據悉那董卿真已快馬前往，後頭的何飛騎離開燕山後亦火速跟上。桑椹娘會不惜代價換取枯樹賦，董卿真亦是。」

「這個時候？」

「單憑桑椹娘撐不住盧龍府，玉蝶雙鉤會直接派敗在韜情劍之下，沒劉從恩的護身、坐鎮。大漠的形勢變化太快；…花戒是排行老大？」點頭稱是紫藍的目光仍在那並沒多言的紫黑，又說：「花戒、花逢春、花見羞、花燦…。大姐花戒從小就被受寵愛，受到各方矚目…。師父並沒再提過此事…。若非花見羞綠白山莊現已拔旗打烊，或早淹沒在大漠的黃沙之下。」

「師父不讓我們插手與耶律圭峰之事。」

「或時候未到。…另方面為保存古陽洞的香火，讓我們三兄弟能開枝散葉。；魚頭晏中的耶律圭峰或是還有憐憫之心…。」

「為何提到〞憐憫〝兩字？」

「歷史的教訓總是血跡斑斑。；花逢春連人影都瞧不著，聽說住在高粱河的船屋上，飄盪無蹤，居沒定所。」

「斷線了不是嗎？要說的是與林靈素之間。且就不再談鄭靖。或亦可以被動等著汴京的密使，這樣看來汴京主和的人仍站上風。」紫藍轉問紫黑著說：「二哥，那鍾流並沒離開燕山的意思…。」

「托著十斤的鐵腳鐐…。」紫黑或心不在焉，此為今天說的第三句話。

「鐵鎖橫江…。」

目光在江邊剛起飛，遭驚動的天鵝，並歸還參隨遞上弓與箭。耶律圭峰剛一箭落空，再與旁邊的陶明師問說：「誰請的蕩山兄的？」

趙若新知道那箭是故意落空。

「蕩山不會是黃州的對手。」陶明師說。

耶律圭峰先轉與旁邊的參隨說：「不空和尚會另派人再走汴京；文平出不了嶗山派，同是一招斃命，連他自己都清處的很！」再回應陶明師說：「水貓呢？那可是鄂溫克族。」目光轉向參隨。

參隨即說：「花見羞會等不空上燕山後再前往厲府，回頭在幽州邊界接走兩川小兄弟。事情都已安排妥適。」

「路上別讓人干擾花羞。」耶律圭峰說。

「慕名者眾！」參隨說。

滑過水面的天鵝，又安然落定，優遊自在。陶明師才回應說：「黃州浪人自有其一定的立場。」並接下參隨遞上的大弓與羽箭。

「講鬼話。」

此時當是不宜再談，沒個定論，趙若新知所進退，仍沒任何回應。同時左右與兩方談話的耶律圭峰又回說：「飛霞道之事，你們也暫時不用插手。」

陶明師也只能點頭稱是。

參隨的同時餘光在趨前的一名探子，問著耶律圭峰說：「那童少保的案件？」

「別去逗弄鄭靖。」

「是。」語畢，參隨先行調馬過去。

與那探子低聲說上幾句。

陶明師或看情勢不對，與耶律圭峰說：「還是我等先行告辭。」

「在這華燈初上，酒酣耳熱之際。」耶律圭峰目光又在江面上，再次放馬緩行，調整拉弓取獵的位置，然後又說：「四白尊奴的老二紫黑，論武學恐為三人之間的翹楚，硬底子的角色，古陽洞僅次於不空和尚。每個人都在問，魚頭宴為何不殺了不空和尚？……養虎為患或是我齊王也同樣犯了這問題『太看的起自己！』。說那大漠四雄只剩鄭靖，但翠門的實力已大不如二、三十前。童少保死於寸草溝，是激怒了西冷八家，而兇手直指就是鄭靖；宋遼兩邊的關係變化應該不大，應注意的是那崛起中的女真，古陽洞；董卿真分寸是拿捏得宜，並未劍傷太多人，就只為恐嚇、驅趕。」

趙若新才接應著，說：「…崛起中的女真。」

「你們無視於紫黑開出的條件！」故意留上一句的耶律圭峰這才說完。

直到參隨上前回稟說：「稟齊王，剛接獲消息。劉從恩死了！駕鶴西歸，棺木已送入正廳，盧龍府敞開大門，橫掛白絹。」人再退至旁邊。

換由陶明師說：「還齊王請明示。」

「用你們是因為你們夠蠢。」耶律圭峰再次立馬就位，又說：「那不如，下一箭就交由你陶明師！」

「歸真知道嗎？」葉霜飛問著。

水渠川流不息，彎曲多樣，亦可清晰聽見。倆人漫步在山莊，花戒廂房的後頭，月影跟著而行，並沒直接回應的花見羞說：「已讓張媽叫老傅他們回來。」

「何時出發？」

「不急。妳也一塊去。」

「有時還真心慌意亂。」葉霜飛深知花戒或厲家等之事，話都應該由花見羞來說。

「這兩年山莊全靠妳。」

「像是在等一個永遠不會出現的人，…冷清並不足以形容。」

「在厲家又何嘗不是？」

葉雙飛不知該如何妥善回應，反倒是轉而說：「那銀杏林的風特別冷。」

暗夜下的銀杏山林，起伏不定、曲折離奇，似總不停的在述說著自己的故事。

此時或意在言外，但花見羞不認為如此，只說：「還要謝謝殷觀路將妳留在這，初初我很排外…。爹的安排是有其道理。」

「如兩川…。」

「離開厲家是為了躲一場無謂的風暴，而腳還沒踏入山莊卻又陷入另一場恩怨情仇之中。似乎沒多方思索，亦沒留下隻字片語，揹著歸真，拉著韁繩就上馬離開，頭也不回。路上我在想什麼？…沒有。」

路上我在想什麼？沒有。這時的葉霜飛想到的卻是殷觀路，但沒回應，就是在旁跟著散步。許久，花見羞才又開口說：「…該不會把妳給嚇壞了吧！」

走石橋，再往水塘時。

「〝沒有〞這兩字，路上的我在想什麼…。」葉霜飛重覆著花見羞的說法。

「把錯誤與痛苦冰封起來…但無論無何它還是會溶解…，慢慢的，一點一滴，在妳往後的日子。」

「姐…。」

「人有好惡就有偏頗。」

「因雲天內家而卻讓山莊再掀波瀾。」

「我並不這樣看。」花見羞又說：「那就像卸下綠白山莊的橫匾容易，而妳卻拋不開那底層自私的慾念，人性最原始的那部份。如是，卸不卸下又有何差異？沒有王鶴之死，失落的枯樹賦，耶律圭峰還是會上來，不是嗎？造訪、慕名、窺探、較勁者依舊絡繹不絕，前仆後繼。」

葉霜飛喃喃了這句，說：「之前我並不知道妳會回來。」或也在想花逢春為何離開山莊？

「從那時候我就再也沒進過銀吝林。…剛回來也只是揹著歸真溯溪而行，自言自語著。」花見羞才接下說，但也從沒想過離開燕山，與歸真一并遠走高飛。

「明天就可抵達盧龍府。」

星夜趕路，又見黎明天亮。一個山間的聚落還在那前頭的山腰處，何飛騎決定先讓大夥暫歇，全落馬在一個破廟旁，然後又說：「應就是前後兩步⋯。」

「還是我率兩兄弟先行，走往查看？」

「無此必要，好好休息。」何飛騎回應。

斷瓦殘垣間，那較完整角落，先就地取暖，升起柴火⋯，亦讓自己先舒適些。外頭兩名師弟另己主動，接下照顧坐騎事宜。

「董道長應知道我們在後頭。」

「大漠只有三雄，已全數蒙主寵召。⋯⋯文平等會趕上嗎？」

「盤口有人開到一賠四。該不會真當南院是病貓！」一師兄說話的同時還是不時注意著那何飛騎那表情、意向。

「前面少了個童少保，後頭的李錦繡被護送回十王宅，只是不知那右臂的傷勢如何？」

「西泠八家生在錯誤的地方與日期，董卿真該不會直接對上桑椹娘，馬不停蹄，也迫不及待，在劉從恩屍骨未寒，未入上為安前。玉蝶雙鉤恐無勝算，這點是⋯。」

「會。」已有師弟持不同意見。

「掌門並不在意世俗的眼光！嶗山派不能葬送在我們手上。」

剛入內，跟著席地而坐的另一道士與旁邊何飛騎說：「〞文殊掌〝侯溫昨已入了飛霞道，駕著雙馬車，車上另配有一劍一刀。」

還一兄弟問，說：「沒去虎北口？」

「虎北口的弟兄早已出發…。想了一整晚，我一定認識這人。」

風雪仍透著縫隙而入，在殘破的石屋內左右徘徊。取出醃漬魚肉、青菜，師弟們準備煮水下麵…，邊又人說：「該不會回頭，自動上門？董道長。」

「這兩天同樣都會風和日麗。」

「是難得這種天氣。」

「董卿真只為羞辱桑椹娘，不會取命，同樣在未取得枯樹賦前，是不會或同意將韜情劍置回嶗山。此女人，為所欲為，難以捉摸！」

「師兄，看樣子師弟你認識的女人並不算多。」

哈！哈！哈！南院的師兄弟彼此情感十分濃厚，氣氛融洽。何飛騎此時接下一句說：「嶗山一向以和為貴。」

「有人從中斡旋，勝美大妹跟本不識蕩山弟兄。」

「盧龍府同消失在滾滾紅塵下；…．各領風騷數百年！」

……待續……

綠白山莊----風起雲湧

作者：狗血
e -mail：cc199759@yahoo.com.tw
出版者：狗血
營利事業統一編號：
總經銷：白象文化事業有限公司
地址：台中市南區美村路二段392號
訂書專線：(04) 22652939
製版印刷：海王印刷
地址：新北市中和永豐路195巷9號
電話：(02) 82281290
初板一刷：2017.5月
訂價：160元**新台幣
ISBN 978-957-43-4179-5

國家圖書館出版品預行編目(CIP)資料

綠白山莊 : 風起雲湧 / 狗血著
-- 初版. -- 新北市 : 狗血出版[臺中市]: 白象總經銷
2017.01
面 ;　公分
ISBN 978-957-43-4179-5(平裝)

857.7　　105023665